-蘇醒-

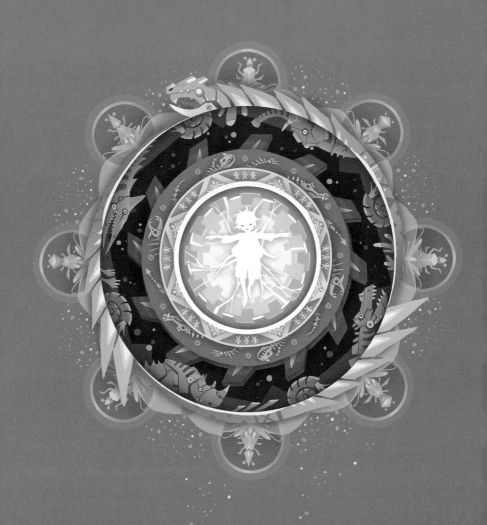

億萬顆星的流浪，億萬光年的等待。

孤獨的光之旅人，邂逅沉睡在遠古的灰燼。

永恒的記憶，時而榮耀，時而黯淡。

燃燒的火焰，無際的冰雪，被喚醒、被點亮，

被無聲吞噬。

黑洞崩塌處，一個世界毀滅。

希望降臨處，一個孩子誕生。

阿多拉基

①

廢墟中的倖存者

郭妮 著　索飛瀾 繪

新雅文化事業有限公司
www.sunya.com.hk

阿多拉基 1
廢墟中的倖存者

作　　者：郭妮
繪　　圖：索飛瀾
責任編輯：龐頌恩
美術設計：蔡學彰
出　　版：新雅文化事業有限公司
　　　　　香港英皇道 499 號北角工業大廈 18 樓
　　　　　電話：(852) 2138 7998
　　　　　傳真：(852) 2597 4003
　　　　　網址：http://www.sunya.com.hk
　　　　　電郵：marketing@sunya.com.hk
發　　行：香港聯合書刊物流有限公司
　　　　　香港新界大埔汀麗路 36 號中華商務印刷大廈 3 字樓
　　　　　電話：(852) 2150 2100
　　　　　傳真：(852) 2407 3062
　　　　　電郵：info@suplogistics.com.hk
印　　刷：中華商務彩色印刷有限公司
　　　　　香港新界大埔汀麗路 36 號
版　　次：二○二○年六月初版

世界的鑰匙，
如今落入了凡人的手中。

活躍在黑鐵時代的倖存者們

主要角色介紹

> 身份驗證中……
> 虹膜確認
> 聲紋確認
> 檢索開始……

> 信息讀取成功

> 檢索成功 建立檔案

> 信息讀取成功

嘿嘿

二寶

沐茲恪
沐恩的怪爺爺,性格暴躁,和機械人阿里嘎多一起,在廢鐵鎮經營機械回收修理鋪。
‧機密‧

沐恩
別名小笨貓。從小在廢鐵鎮長大,遠近聞名的淘氣包,搗蛋鬼,酷愛機甲,夢想成為傳奇級機甲駕駛員。
‧機密‧

> 無效信息

> 您的權限無法獲取該信息

小牛四號
沐恩當作金屬垃圾淘回來的保姆機械人,不斷升級,是沐恩形影不離的伙伴。
‧機密‧

> 目標信息讀取中……

> 關鍵信息檢索

● 黑客時間 00:00:03

> 系統重新啟動成功

> 系統故障

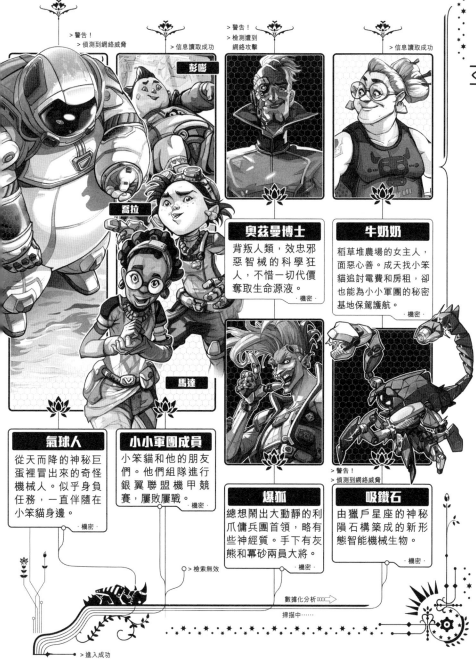

ADOORAKI
摩诃摩诃 阿多拉基

> 警告！
> 偵測到網絡威脅

> 信息讀取成功

> 警告！
> 檢測遭到網絡攻擊

> 信息讀取成功

彭嘭

喬拉

馬達

奧茲曼博士
背叛人類，效忠邪惡智械的科學狂人，不惜一切代價奪取生命源液。
·機密·

牛奶奶
稻草堆農場的女主人，面惡心善。成天找小笨貓追討電費和房租，卻也能為小小軍團的秘密基地保駕護航。
·機密·

氣球人
從天而降的神秘巨蛋裡冒出來的奇怪機械人。似乎身負任務，一直伴隨在小笨貓身邊。
·機密·

小小軍團成員
小笨貓和他的朋友們。他們組隊進行銀翼聯盟機甲競賽，屢敗屢戰。
·機密·

爆狐
總想鬧出大動靜的利爪傭兵團首領，略有些神經質。手下有灰熊和幕砂兩員大將。
·機密·

吸鐵石
由獵戶星座的神秘隕石構築成的新形態智能機械生物。
·機密·

> 警告！
> 偵測到網絡威脅

> 檢索無效

數據化分析 ◁▢▢▢▷

掃描中……

> 進入成功
> 準備進入系統……

世界盡頭，
　　是否有人回眸？

凝望這世上的愛與恨，
　　以及永恆的哀愁？

在那陌生的世界，
　　也會有人歌唱？

像你，如我——
　　為生命起舞。

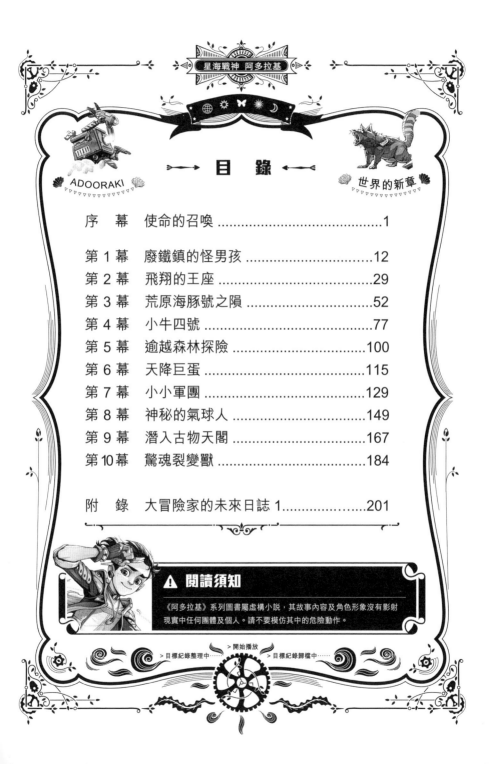

星海戰神 阿多拉基

ADOORAKI　　　世界的新章

→ 目　錄 ←

⚠ 閱讀須知

《阿多拉基》系列圖書屬虛構小説，其故事內容及角色形象沒有影射
現實中任何團體及個人。請不要模仿其中的危險動作。

> 目標紀錄整理中……　　> 開始播放　　> 目標紀錄歸檔中……

序幕

使命的召喚

再漫長的黑暗，也終將會有一個光明的盡頭。

一輛**靖海大學**[①]的浮空校車，正飛行在繁華的多米尼市上空。車窗外，一幢幢頂部如巨型飛碟的金屬摩天大樓傲然聳立，各式各樣的空中載具井然有序地穿行在金色的陽光中。

一位容顏清麗的少女，坐在校車最末排，正倚靠在窗邊安靜地沉睡。一頭齊耳短髮，遮住了她半邊臉龐。藍白條紋的學生制服上，佩戴着「靖海大學 陳嘉諾」字樣的徽章。

[①]**靖海大學**：是新京海市一所從事教學與科研的高等學府，致力於研究物理、生物等最前沿科技，確保人類社會安定與發展。

校車裏的虛擬顯示屏正播放着當季最熱門的新聞專題節目——《永遠的超級英雄　星海騎士》。

硝煙彌漫的戰場上，星海騎士們駕駛着造型各異的機械人，猶如天降神兵，拯救驚慌哭泣的市民，援助頑強抵抗的人類戰士，消滅冷酷無情的巨型機械怪獸……

新聞播音員洪亮的聲音響起——

「當第三次火山灰戰爭爆發，人類世界再次遭到智能人的威脅時，來自世界各地的精英機甲駕駛員們集結在了一起，他們就是星海騎士！」

「英雄們為了守護世界的文明與和平，不畏犧牲。如今，戰火已經熄滅，而英雄終將不朽！」

「歡迎您加入——星海騎士！世界需要更多英雄！」

「星海騎士們真是太酷了！」坐在陳嘉諾前座的男生方大器，激動地挽起了衣袖，就像即將奔赴戰場。

「尤其是『星海戰神』，每次戰鬥它都會大喊『A——DOO——RA——KI——』！」坐在陳嘉諾旁邊的女生李曉莉，語氣中充滿了敬畏，「雖然沒人知道這句話是什麼意思，可它令人充滿了勇氣！」

「A——DOO——RA——KI——」屏幕裏傳來星海戰神的怒吼。

「可惜……星海戰神在最後那場戰鬥中，和『裁決

者』瑞雅，同歸於盡了……」一位瘦高個兒男生長歎了一口氣，「到現在人們都不知道，星海戰神的駕駛員究竟是誰。」

「據說，最近加入星海騎士的一名機甲駕駛員，只有十三歲，還得到了傳奇外骨骼機甲『黑十字星』。」方大器看着手中那罐限量版飲料，瓶身上印着的正是星海騎士黑十字星，「我真想成為星海騎士，在戰場上馳騁！」

「別做夢了！想要成為星海騎士，就要在『**銀翼聯盟**①』的機甲駕駛員訓練基地中嶄露頭角。最終能獲得星海騎士資格的人，幾乎是兩千萬裏挑一。」李曉莉拍了一下放在膝蓋上的一疊實驗報告，說，「我們還是老老實實地完成宇文柏博士布置的研究任務吧！」陳嘉諾仍然在沉睡。校車在空中轉了個彎，她抱在懷裏的一本書掉落在地上。「《燃燒的火星》，探險家駱華德的傳記……」李曉莉把書撿起來，翻閱了一下，「小嘉諾就喜歡看這種寫得像科幻小說的探險筆記。」

旁邊一位圓臉女生說：「上個星期的倫理課，她還突然說出『人類如若懈怠，必將為智能人取代』這種

---

①**銀翼聯盟**：全球性的機甲駕駛員民間聯盟，為培養人類世界和平與文明的守護者星海騎士而設立。其訓練基地分為線上虛擬訓練和線下實機訓練兩種模式。

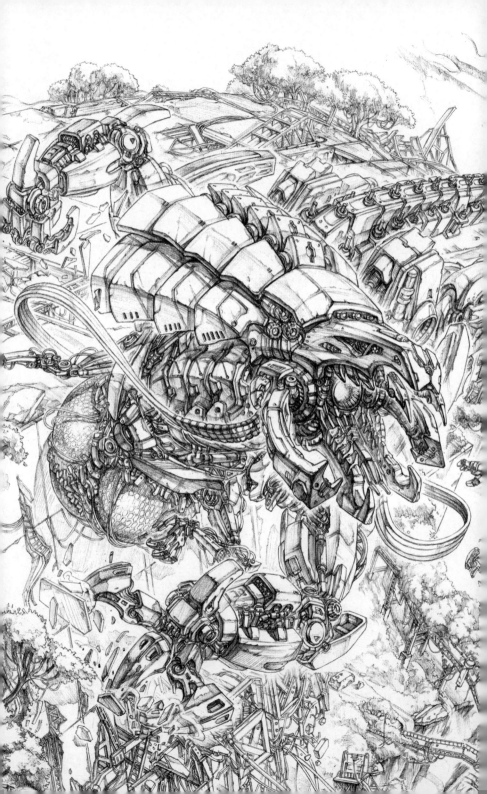

傻話……」

「雖然她和我們一樣是大一學生，但畢竟只是個孩子。」

在同學們的談笑聲中，陳嘉諾漸漸從睡夢中醒來，忽然間，她像是感應到了什麼，緊皺起眉頭，朝車窗外看去——在距離校車不遠處，有一艘黑色的小型飛船正懸停在那裏，看上去像一頭虎視眈眈地準備獵食的黑色鯊魚！

「不好，那是智能人的虎鯊飛船！」陳嘉諾低呼。

她的話音剛落，虎鯊飛船便朝下方的街道射出了兩顆激光彈。

霎時間，街道上火光迸濺，哀號聲不絕於耳。

幾輛由人類特警駕駛的浮空艇升到空中，與虎鯊飛船激烈交戰。周圍的浮空載具四散而去。

就在這時，一顆流彈擊中了校車。校車完全失控，朝地面急速墜落！學生們驚慌尖叫，亂作一團。

眼看同學們危在旦夕，陳嘉諾的雙瞳閃過一道紫光，一個智能語音在她大腦裏響起：「智眸已啟動，大腦植入式晶片掃描通過。我是白雲衛士——您的增強現實安全及防禦系統。」

「把校車停在安全區域，準備戰鬥。」陳嘉諾飛快地低語。

「已接管校車駕駛系統，開始遠程操控。」白雲衞士回答。

就在校車即將撞到冰冷地面的剎那，車身突然減速，緩慢地停下來了。

車門打開，學生們紛紛沖出校車，跑向附近的臨時避難所。

誰也沒注意到，一層黑色的液態金屬悄悄包裹在陳嘉諾身上，最終形成了一副造型華麗的黑色外骨骼機甲。

「星海騎士黑十字星，向銀翼聯盟總部報告，多米尼市遭到智能機械兵襲擊，請求作戰！」

「銀翼聯盟批准作戰請求。黑十字星，請履行星海騎士的使命，保護市民安全，消滅入侵的智能機械兵！」

「收到。定不辱使命！」

陳嘉諾快步走出車門，向一個特警亮出星海騎士的徽章，說：「我是黑十字星。你的機械人被我徵用了。」

陳嘉諾熟練地操控機械人升空，正如她所料，虎鯊飛船將她鎖定為攻擊目標，跟在她身後飛上了高空。

「當前高度，戰鬥將不會影響多米尼市的安全。」白雲衞士在陳嘉諾大腦中提醒。

「很好。速戰速決。」陳嘉諾微微一笑，「聚集所有能量，我們只開一次火。」

陳嘉諾駕駛特警機械人轉身，機械雙臂變形成激光炮，就在她快要撞上虎鯊飛船的一刹那，陳嘉諾猛地發射出一顆巨大的激光彈，而後立刻抽身離開。

虎鯊飛船轟然爆炸，猶如在空中炸開的巨大煙花。

「警告，警告！能量耗盡，飛行系統已自動關閉！」駕駛艙裏響起急促的智能語音，機械人急速墜落。

陳嘉諾從容地按下脫離鍵，從機械人駕駛艙中彈射出來，背後展開一對華美的黑色機械羽翼，帶着她在空中盤旋飛行。

二十分鐘後，戰亂平息。

同學們從避難所驚魂未定地回到了停在路邊的校車裏。讓他們驚訝的是，陳嘉諾竟仍然靠在最末排的座位上，一副如夢初醒的模樣，伸了個大大的懶腰。

「小嘉諾，你居然現在才睡醒！」李曉莉坐回到她身邊，難以置信地叫道。

「你也太遲鈍了！」方大器激動地説，「剛才和你年紀相近的黑十字星，已經幹掉了一艘虎鯊飛船……」

同學們興奮不已。陳嘉諾笑着撓了撓頭髮，轉頭望向窗外，雙瞳閃過一道紫光。

白雲衞士的聲音在她的大腦裏響起：「作戰任務已完成。請儘快提交數據報告。」

使命的召喚

「收到。星海騎士黑十字星，即刻返回銀翼聯盟總部。」

陳嘉諾在大腦中回答。她看着車窗上映照出來的同學們歡欣雀躍的身影，嘴角上揚，露出了自信的笑容。

序章·結束

無人機俯拍圖。拍攝高度：500 米。

廢鐵鎮地圖

WRPO

星洲北部區域

廢鐵鎮警察局旅遊開發招商資料。
未經許可禁止轉載。

古物天閣

垃圾山大道

廢鐵鎮警察局

稻草堆農場

綠蔭廣場

前往鄰鎮的路

燈塔

船塢碼頭

廢鐵鎮警察局

小笨貓最不想踏足的地方。
廢鐵鎮上唯一的警長駱基
士，為處理鎮上的大小事，
忙得團團轉。

小笨貓的冒險地圖，從鐵銹色的拓荒者小鎮開始⋯⋯
整個廢鐵鎮蓋滿了用皮卡車廂、舊集裝箱搭建成的房屋，
像一個巨大的金屬垃圾場。這裏卻是小笨貓最愛的機械廢
物樂園，布滿了他的足跡。

N
S

小鎮快照

爛車營地

- 綠蔭廣場 -
沒有綠樹的綠蔭廣場。

垃圾山大道 - 看不見山的垃圾山大道。

前往逾越森林的隧道

- 船塢碼頭 - 從不停船的船塢碼頭。

通往古物天閣的坡道。

海上航行的巨艦

綠蔭廣場
小鎮居民人氣地。每月第一個周末，這裏會舉辦小笨貓最喜歡的跳蚤集市。

稻草堆農場
農場裏的舊倉庫，其實是小小軍團的秘密基地。

古物天閣
沐茲恪和小笨貓的家，兼做廢品回收和機械修理業務。藏身在垃圾山的破爛鐵皮房，經常傳來爆炸聲。

廢鐵鎮的怪男孩

星洲[①]廢鐵鎮的居民們一致認為，自從發明家沐茲恪先生帶着他尚是嬰兒的小孫子，遷居到這個偏遠的濱海小鎮以後，居民們便再也沒能過上一天安寧日子。

---

①星洲： 第二次火山灰戰爭（宇宙曆 2047 年）結束之後崛起的大陸架板塊，前身是利莫裏亞文明時期沉沒的大陸架板塊，地殼運動後與人類製造的海洋垃圾帶結合，約位於南太平洋，海螺形狀地塊。廢鐵鎮位於星洲大陸的北部區域。

　　老沐茲恪六十來歲，自詡是一個發明家。他半身殘疾，常年坐在一輛構造複雜的機械輪椅上。身形枯瘦，卻脾氣暴躁，一頭白髮亂糟糟的，閃着紅光的機械左眼有點兒嚇人。除此之外，十二年來，廢鐵鎮的居民們對老沐茲恪的身世，幾乎一無所知。

　　記得十二年前那個下午，從鎮子裏著名的垃圾山大道的小山坡上，傳來了震耳欲聾的爆炸聲，漫天煙塵在小鎮裏飄揚。

　　在居民們驚愕的目光中，依然健壯的老沐茲恪，在滾滾煙塵中淡定地操控着兩隻機械臂，將一個破爛的紅色鐵皮實驗艙，塞進了半山腰上炸開的大窟窿裏。

　　從此，露在洞外的實驗艙的破爛前臉兒，遠遠望去就像刻在山岩上的巨大「囧」字，讓居住在山坡下的廣大居民們倍感諷刺。

　　要知道，眼下的廢鐵鎮雖然只是一座依靠回收加工海洋垃圾來維持經濟的偏遠小鎮，但居民們卻是二十多年前從世界各地遷居來此的「淘金客」。大家自視已見過不少世面，卻從未見過如此古怪的老頭兒。

　　絕大多數時間，老沐茲恪都待在自己命名為「古物天閣」的破鐵皮房子裏，嘗試着各種實驗和發明，順便做點兒回收和翻新二手電器的買賣。他那仍是嬰孩兒的小孫子

卻任由一個管家機械人看護，每天和屋外的兩隻流浪貓一起玩耍。

此後，居民們每時每刻都生活在一驚一乍之中——

無論他們是在吃飯、散步、睡覺，抑或是在工作、聚會……常常會被突然從古物天閣裏傳來的刺耳金屬聲，或是震耳欲聾的爆炸聲嚇一大跳——於是，鍋碗瓢盆摔在地上、語音輸入錯誤、便攜智能設備掉進下水道、熟睡時從牀上滾落……幾乎成了居民們的生活常態。

居民們只得向鎮上的警務人員——駱基士警長抗議，以及祈禱老沐茲恪能夠離開廢鐵鎮，抑或放棄那些讓人惶恐不安的發明。然而令人失望的是，一年又一年過去了，老沐茲恪完全沒有離開廢鐵鎮的想法或是放棄發明的可能。

更讓人頭疼的是，老沐茲恪的小孫子——小笨貓沐恩，就像吹氣球般飛速地長大了，變成了一個叛逆不羈的少年。

小笨貓的頑劣，令鎮上同齡的孩子們望塵莫及。

有他的地方，無法預測的事情就會接二連三地突然冒出來。尤其是在他九歲那年，陪伴他長大的兩隻流浪貓相繼去世了。為了給流浪貓舉行隆重的葬禮，小笨貓在垃圾山大道上點燃了十幾根老沐茲恪製作的「**爆漿蠟燭**①」，結

果差點兒燒掉了整個廢鐵鎮。

這些事令小笨貓在廢鐵鎮「名聲大噪」。

很多年過去了，廢鐵鎮有了不小的變化。

儘管飽受鹹濕海風的侵蝕，但那些用皮卡車廂、舊集裝箱搭建成的房屋，卻在居民們的反復改裝和擴建中，終於和紅泥土地融合在了一起，變得越來越有煙火氣。

垃圾山大道半坡上的古物天閣，也改變了不少——

鏽跡斑斑的鐵皮屋上方，用木頭和鐵板擴建出了一個三角形小閣樓，屋門口左側的陽臺，用玻璃窗封了起來，改成了小店舖，旁邊豎着一塊兩米高的大招牌，上面用紅油漆寫着幾個歪歪扭扭的字——古物天閣。這裏專業回收二手家電、機械骨骼、電子義眼、內存晶片、廢舊機械人零件……

晨光灑在古物天閣破舊的鐵門上。嘎吱——笨重的鐵門被推開了，一個垃圾桶造型的機械人出現在門口，一陣年代感十足的音樂也從屋子裏面飄了出來。

垃圾桶機械人一米多高，鐵銹色圓柱形的身體上打滿了鐵皮補丁。雙腳是兩個輪子，轉動時吱呀吱呀直響。安

---

①爆漿蠟燭：原本是老沐茲恪為了節省成本，利用廢棄二手機油壓縮製作成的「探險蠟燭」，沒料到品質不過關，被風吹倒後很快融化成液態，險些釀成重大事故。

全頭盔一般的灰白色金屬腦袋能左右轉動，圓溜溜的機械眼亮着藍燈。

機械人提着一個塑料衣簍，走到屋門口的晾衣竿旁，把幾條時髦的破洞牛仔褲、兩條花褲衩兒和幾雙破洞襪子掛了上去。接着，它打開古物天閣的接待窗口，掛上了「正在營業」的小鐵牌。

咕——咕咕——

半空中傳來一陣聲響。機械人扭過頭，一隻機械白鴿落在它的肩膀上，輕輕啄了一下它的頭，胸口的屏幕上亮起一個信封圖標。

「阿里嘎多。」機械人回應了一聲，帶着機械白鴿朝屋裏走去，越接近客廳，音樂聲越響亮。

古物天閣的客廳昏暗而又狹窄。即使是在白天，客廳仍需亮着燈。這裏沒有安裝智能家居系統，裏面那些隨意擺放着的笨重鐵皮家具，也都是用廢舊材料改造而成的。

角落裏有一部用墨綠色尼龍布遮蓋起來的智能座駕。那是前一陣子，老沐茲恪打算為稻草堆農場的牛奶奶做的生日禮物，才剛剛做好骨架，便因為一些原因擱置了。

老當益壯的老沐茲恪正坐在輪椅上，一邊跟着音樂含糊不清地哼唱着他聽了幾十年的老歌《野狼 Disco》，一邊熟練靈活地拆卸着一條懸掛在眼前的機械臂。

「阿里嘎多！」機械人畢恭畢敬地站在老沐茲恪面前。

「嗯，辛苦你了，阿里嘎多。」老沐茲恪頭也不抬地說，「這麼多年，多虧有你操持家務。駱基士警長訂購的電動雙節棍我已經改裝好了，今天你給他送過去，收到的小費給你買點兒好機油。」

「阿里嘎多！」機械人輕快地回答。

這時，機械白鴿咕咕叫着，從機械人的肩上飛到了老沐茲恪的膝蓋上。老沐茲恪低下頭看了看，機械白鴿胸口的屏幕亮起白光，投射出一個全息影像，竟然是一張催款單——

> ⚠ 尊敬的沐茲恪先生：
>
>   您在天網訂購的流量暢享套餐，餘額已不足5星幣，請儘快增值。
>
> -系統訊息-

「什麼？明明上周才增值！流量費這麼貴，怎麼……」

老沐茲恪氣急敗壞，吹鬍子瞪眼，機械眼閃爍着暗淡的紅光。突然，他像明白了什麼，蒼白的老臉上怒氣騰騰，驚飛了膝蓋上的機械白鴿。

「阿里嘎多！小笨貓躲哪兒去了？一定又是那個臭小

子幹的好事！把他給我找出來！」

　　而就在一小時前，在一個經濟型機甲的駕駛艙中，小笨貓飛快地點擊着操控臺上的各種按鈕，並且隨着狂野的音樂節奏舞動身體。為了新賽季，他給自己換了套新的虛擬造型，銀白色的劉海，冰藍色的眼睛，俊朗的臉上洋溢着不羈的笑容，顯得有些俏皮。

　　「嘿，我俠膽貓王來啦！」俠膽貓王是小笨貓給自己取的用戶名。

　　「你好，俠膽貓王！歡迎你來到銀翼聯盟機甲駕駛員訓練基地。我是本賽季的考核官——星海騎士黑十字星。」駕駛艙內響起一段智能語音，「新賽季『星海征途』已經開啟，擊敗對手，通過重重考核，你將有一千五百萬分之一的機會獲得星海騎士預備營的入營邀請。」

　　「請注意，你目前處於虛擬空間，機甲對戰時不要驚慌。」

　　「驚慌？我俠膽貓王可是實習級機甲駕駛員！」小笨貓不服氣地咧着嘴角説，「好吧，你只是模仿大名鼎鼎的黑十字星的 AI，想必你對所有參賽的機甲駕駛員都會這樣説。所以——我不怪你。新賽季，我一定會非同凡響！」

　　「黑十字星」不顧小笨貓的自言自語，繼續説道：「前方氣候，極寒。機甲動作或有遲緩。危險指數：75%。」

小笨貓像敲擊琴鍵般飛快地摁下一連串按鈕，全透明的駕駛艙外升起了厚重的鋼鐵護甲。

他駕駛的是一台鐵灰色的機器戰甲，造型像小牛仔。

它的外殼和構件十分老舊，頭頂上有一對會噴濃煙的金屬犄角。

當賽場通道門完全敞開，一片彷彿沒有邊際的冰原顯現在小笨貓面前。巨大的冰岩如同利劍，交錯林立於狂亂的風雪中。

戰鬥的火光四起，全副武裝的機甲駕駛員們正操控機甲，和一大羣通體漆黑的智能機械兵激烈交鋒。

「這就是新賽季的訓練地圖『冰苔救援』嗎？」小笨貓在駕駛艙中興奮地自言自語，「我要擊敗邪惡智能機械大軍，解救所有人質！」

駕駛艙內智能語音響起——

「請注意！新一代邪惡智械兵的外形更像人類了。」

「那些沒有思想和心的傢伙，混跡在人羣之中——」

「但信仰不止，邪惡智械軍團永遠都別想將人類消滅和取代！」

突然，黑十字星的聲音變得激昂起來：「俠膽貓王，人類機甲戰士們需要你的幫助！消滅邪惡智械！星海征途，我將與你同行！」

「看着吧，新賽季我一定會大幹一場！」小笨貓操控小牛機甲縱身一躍，穿越呼嘯的風雪，重重地降落在冰原上。

「抱歉，各位。我來遲了！」小笨貓操控機甲抬起手，帥氣地敬了個禮。

人類機甲戰士們發出歡呼聲，令小笨貓極有成就感，然而，這也使他成了邪惡智械軍團新的攻擊目標。它們一起調轉槍口，一道道細密的激光在空中交織。

小笨貓凝神聚氣，一邊操控小牛機甲敏捷地閃避，一邊瞅准空隙，突然釋放出一道道電光波彈，被擊中的智械兵紛紛倒地。

小笨貓來不及得意——智械兵的數量實在太多了。它們源源不斷地圍過來，小笨貓左遮右擋，很快便招架不住，被擊倒在地。

一個高階智械舉起激光槍瞄準了他，危急時刻，一個緋紅身影如燃燒的流星降落，擋在了小笨貓前面。他抬手朝高階智械發射出一顆燃燒的光球，霎時間，高階智械轟然炸裂，連帶把周圍的智械兵也炸倒了一大片。

當濃煙散去，緋紅身影朝小笨貓緩緩轉過身——那是一個雄獅機甲，頭部像怒吼的獅子，身上閃着紅光，遠遠看去就像一團正在燃燒的火焰。

　　「銀翼聯盟星洲賽區所有機甲駕駛員的第一偶像——岩石城雄獅隊的『火焰菲克』和他的機甲雄獅 V 型！」小笨貓的高聲吼叫因為過於激動而幾乎破音。

　　火焰菲克不發一語，從背後拔出兩柄燃燒着的火焰劍，帶領他的隊員們——「裂地虎錘」、「飛天鶴唳」、「神聖雷光」，還有「絕地奔流」，只一眨眼的工夫，就把邪惡智械軍團消滅殆盡。

「好強！」小笨貓從地上爬起來，看得目瞪口呆。

冰原上傳來一陣巨響——

一個造型像巨型甲蟲的智械兵，出現在機甲駕駛員們驚訝的目光中。它的體形比小笨貓的小牛機甲高大十幾倍，人類的機甲在它面前就像一羣小矮人。

「這是什麼東西？」小笨貓在駕駛艙中吃力地抬頭張望。

「這是參考最新一代邪惡智械而創造的異化甲獸，同時也是本賽季所有機甲駕駛員將要面臨的挑戰。」駕駛艙裏響起智能語音提醒，「目前你還不是它的對手。」

異化甲獸狂吼着甩動身體，將周圍的冰岩全部撞碎。

它張開布滿鋸齒的大嘴，發射出一顆碩大的暗紫色能量彈。

「撤退！是毀滅旋渦彈！」火焰菲克大喊着，操控雄獅V型機甲張開一面激光盾，將人類機甲戰士們護在身後。

然而不足半秒，激光盾便被擊碎。

異化甲獸呼嘯着接連發射出激光彈，猛烈的轟炸讓火焰菲克和他的隊員們只能合力張開一面厚厚的激光盾，苦苦支撐。

「異化甲獸居然這麼厲害……銀翼聯盟星洲賽區最強

的五個機甲聯手都……」小笨貓艱難地吞咽了一口唾沫。

儘管這一切只是虛擬的情景，但小笨貓仍感受到了無比的恐懼和震撼。

就在這時——

一道十字形的光輝猶如皎月一般在空中綻放開來。

小笨貓抬頭望着天空，一個黑色機甲從天而降，如女武神一般，獨自面對異化甲獸。她身後的銀色能量燦光猶如迎風舞動的雙翼一般。她的體形並不高大，但凌厲的氣勢卻讓異化甲獸像一隻惹主人生氣了的寵物，畏縮不前。

「是星海騎士黑十字星！」火焰菲克大聲高呼，其他隊員們也興奮起來。

小笨貓隱約聽見黑十字星冷冷地哼了一聲，瞬間她已經操控機甲朝異化甲獸沖了過去，就像一道黑色的閃電。下一秒，當她落在異化甲獸身後時，異化甲獸巨大的軀殼上就出現了幾道暗紫色裂痕，仿若被刀劃過一般。

異化甲獸的紅色電子眼閃爍了兩下，身體頃刻間分崩離析。

「這就是……黑十字星！」小笨貓震驚地低語，「訓練系統只能模擬出她不到 60% 的戰鬥力……如果是她實機操作，戰鬥力難以想像……」

冰原上的風雪，不知何時停了下來。微弱的陽光穿透

雲層，將遼闊的冰川染上了一抹淺紅。

火焰菲克和他的隊友們，紛紛聚集到黑十字星的身後，一齊望着在一旁發呆的小笨貓和他的小牛機甲。

「俠膽貓王，你的英勇得到了我們所有人的認可，感謝你為正義而戰。」黑十字星操控機甲抬起手臂，向小笨貓致意，「歡迎來到銀翼聯盟，祝願你每一天都能在訓練中獲得成長。」

小笨貓操控着小牛機甲激動地跳起來，正當他準備朝偶像們奔跑過去時，一聲巨響在冰原上空響起。

他抬頭望去，發現濃厚的雲層已經被一陣疾風吹散，一顆巨大的銀灰色星球出現在他的頭頂上空。

這顆星球由無數塊厚重的鋼鐵機械零件組成。這些不規則的鋼鐵零件正緩慢地移動着，縫隙間透出神秘的暗紫輝光。在它的吸引下，小笨貓所駕駛的機甲自動折疊，變形成了一艘小型飛船，載着他朝鋼鐵星球急速飛去。

當小笨貓穿過鋼鐵星球下方一個巨大的圓形洞口時，眼前的景象頓時令他瞠目結舌——

橙紅色天空猶如朦朧的幔帳籠罩着城市。七顆半透明的衛星懸浮在雲層間。

原本老舊狹窄的星洲賽區主城「岩石城」，如今變得極其恢宏壯麗。一大片銀灰色金屬建築羣起伏綿延，成千

上萬艘小飛船噴射着紅色火光在城市上空川流不息。

各式廣告牌燈火閃耀——「星際穿越銀行」，虛擬幣正在限時優惠兌換；「龍門盔甲拍賣行」，二手虛擬機甲和零件的交易中心；「鐵甲鋼拳競技中心」，承辦各類機甲聯賽的中心場所；還有專為機甲維修和改造的店鋪、為機甲駕駛員改變造型的「銀河系漫遊館」……

當小笨貓坐在小飛船中，經過城市中央那座鋼鐵雕塑「銀色羽翼」時，不禁肅然起敬，那正是銀翼聯盟的標誌。

在銀色羽翼兩側，分別刻着星洲賽區的「羣星徽章」，以及本賽區的頭號機甲駕駛員火焰菲克所在的岩石城雄獅隊的隊徽。小笨貓望着那枚閃閃發光的隊徽，眼中充滿了崇拜與豔羨。

這時，虛擬顯示屏亮了起來，智能語音提醒道：「您好，俠膽貓王。『小小軍團』成員——您的死黨——小雀斑喬拉、小浪花彭嗙、小火柴馬達，正在呼叫您。對方的坐標為：銀翼聯盟虛空訓練場。」

「連接通信。」

小笨貓懶洋洋地蹺起二郎腿，虛擬顯示屏的邊框閃耀着藍光，一片灰白色的濃厚雲霧出現在屏幕中。當雲霧散去，顯現的是一片光線幽暗的叢林，三名機甲駕駛員正操控着機甲與一個蛇頸龜身的巨型機械怪獸對峙着。

「兄弟們，你們怎麼還在那裏打龜背獸？」小笨貓不以為意地望着那只怪獸——那是銀翼聯盟用來訓練新手的智能獸，雖然它看起來很兇猛，但戰鬥力卻非常低。小笨貓在三個賽季前就已經將它擊敗。

「貓哥，説來話長，」小雀斑喬拉操控機甲避開怪獸的一記掃尾，氣喘吁吁地説，「對了，今天是新賽季第一天，火焰菲克在岩石城招收新人，你不去湊熱鬧嗎？」

「別開玩笑了，喬拉。」小浪花彭嗤操控機甲掃射怪獸，「笨貓也就比我們強那麼一點點，想要加入岩石城雄獅隊，憑他的實力……呵呵！」

「要加入火焰菲克的戰隊，必須擁有真實的機械人，能參加真實的機甲比賽。」小火柴馬達操控機甲躲在一塊岩石後面，等待戰鬥結束，「雖然我們有『小牛四號』，但那畢竟是保姆機械人……只能送牛奶、撿垃圾，根本不能戰鬥……」

「行了，我自有分寸！兄弟們，拜拜！」小笨貓不耐煩地嘟囔着，關閉了虛擬顯示屏，自言自語道，「不管怎麼樣，本賽季我一定要加入岩石城雄獅隊，和火焰菲克並肩戰鬥！」

飛船載着小笨貓急速掠過岩石城上空，朝日暑廣場的方向飛去。然而越是接近廣場，交通便越是糟糕。蜂擁而

至的飛船燃燒着尾焰，呼嘯如風地朝廣場中央彙聚，不時有飛船擦撞追尾。

小笨貓小心翼翼地在飛船大軍中穿梭。很顯然，這些飛船都是冲着火焰菲克招收新人去的。不知道哪個幸運的傢伙，能成為岩石城雄獅隊的新成員。

日晷廣場坐落在岩石城的東部。整個廣場就像一個巨大的日晷圓盤。廣場的周圍是一片廢舊的鋼鐵廢墟，上面覆蓋着皚皚白雪。三座幾十米高的鋼鐵雕塑屹立在廣場上，看上去像飛船斷裂的機翼，密布着時間沉澱後的滄桑印跡。

懸浮在空中的鐵色衛星在三座鋼鐵雕塑間若隱若現。

飛船大軍抵達廣場上空後，紛紛變形成各種稀奇古怪的機械人，降落在廣場上——

一個巨型電鰻機械人正坐在一輛三輪浮空馬車上，和旁邊一個戴護目鏡的鴕鳥機械人談笑風生。不遠處的一架灰犀牛機械人，竟然只有上半截身體懸浮在半空中，像岩石般粗糙笨重的身體，透出冰藍色的能量光源。

小笨貓將飛船變形成小牛機甲，降落在一小塊人羣相對鬆散的空地上。

他剛一落地，廣場上就響起了一段熱烈激昂的音樂。

在機甲駕駛員們山呼海嘯般的歡呼聲中，一束紅光從

圓形廣場中央的地面下射出，隨之，一個鋼鐵立柱緩緩升起，站在立柱上的正是銀翼聯盟星洲賽區的頭號機甲駕駛員——火焰菲克！

他操控着他那火紅的雄獅 V 型機甲向觀眾熱情揮手，周圍紅色光暈浮動，襯托得他猶如從熊熊烈火中走出來的戰神金剛。

「是火焰菲克！」小笨貓扯着嗓子大喊。

「是受人尊敬，還是被人遺忘？這兩者不會同時存在。少年的我們，應該謹慎選擇。」

火焰菲克洪亮的聲音在廣場上空迴響，圍觀的機甲駕駛員們羣情振奮，鼓掌歡呼。

第 1 幕 結束

第 2 幕

飛翔的王座

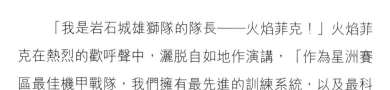

「我是岩石城雄獅隊的隊長——火焰菲克！」火焰菲克在熱烈的歡呼聲中，灑脫自如地作演講，「作為星洲賽區最佳機甲戰隊，我們擁有最先進的訓練系統，以及最科學的訓練方法。」

「許多人說，最好的戰鬥是不戰而屈人之兵，但我不這樣認為。」火焰菲克沖機甲駕駛員們搖了搖手，廣場立

刻安靜了下來，「最好的戰鬥，是讓敵人永遠記住我們的力量，令他們再也沒有挑戰的勇氣。我敢向各位保證——只要你能加入岩石城雄獅隊，就能擁有這樣的力量，戰無不勝！」說着，火焰菲克操控雄獅Ｖ型機甲高高地舉起了機械臂。

廣場上空立刻投射出一段全息影像，那是火焰菲克上一個賽季的戰鬥集錦。

機甲駕駛員們看着火焰菲克一個接一個勇猛戰鬥的畫面，全都興奮地高聲歡呼起來。

當小笨貓看見火焰菲克極其漂亮地躲閃過一連串凌厲的猛攻時，他激動地用力捶打了一下操控面板，結果駕駛艙裏警鈴大作。

「我在此鄭重地邀請各位加入岩石城雄獅隊！謝謝！」

火焰菲克説完最後一句話，激昂的音樂聲再一次響起，鋼鐵立柱載着他緩緩下降。

機甲駕駛員們則紛紛朝戰隊報名處衝了過去。

小笨貓推擠開周圍的機械人，來到了廣場中央。極為幸運的是，他發現火焰菲克並沒有離開，而是正在跟岩石城雄獅隊的兩名隊員交談着什麼。

在他周圍，還有幾名隊員正操控着各自的機甲，玩着比賽贏得的虛擬道具——他們一會兒用「巨神兵手套」將

自己變得巨大無比；一會兒用「變形香蕉」將隊友變成機械猴子，飄浮在半空中；或是把「音律干擾球」砸在地上，讓周圍的機甲全都不由自主地跳起了滑稽的舞蹈……

小笨貓無比羨慕地看了一小會兒，鼓起勇氣走到了火焰菲克的身後。此時此刻，距離自己的偶像如此之近，小笨貓感覺自己的心臟快要從胸口跳出來了。

「您……您好……火焰菲克……」小笨貓緊張得喉嚨像被勒住了似的，只能發出一種纖細柔弱的聲音。

火焰菲克轉過身，好奇地打量着身後的小牛機械人，熱情地大聲招呼：「啊哈，聽聲音像是一個可愛的小妹妹。有什麼我能為你效勞的嗎？」

小笨貓往後退了一步，尷尬地清了清嗓子，說：「我叫俠膽貓王……不是小妹妹。」

火焰菲克愣了愣，他直了直身子，態度變得嚴肅起來：「我當然知道……俠膽貓王，你好。請問有事嗎？如果是想報名加入岩石城雄獅隊，需要在本屆『**銀翼聯盟挑戰賽**①』拿到星洲賽區前三名的成績。按照你目前駕駛機甲

---

①銀翼聯盟挑戰賽：銀翼聯盟為了挑選和培養能成為星海騎士的機甲駕駛員，特別設定了常規的訓練賽和每年一屆的全球挑戰賽。兩類比賽都有線上和線下兩種模式。其中，在全球挑戰賽中名列前十的參賽者，將有資格加入星海騎士的預備營，參加特訓後進入下一輪考核。

的等級……再繼續努力幾個賽季吧！」

火焰菲克揮了揮手，準備將小笨貓打發走。小笨貓卻不肯離開。雖然火焰菲克的個性和他想像中不太一樣，但在偶像面前，他已經顧不得那麼多了，一股腦兒地把心裏的話倒了出來。

「嘿，火焰菲克。我知道自己現在還沒有資格加入您的戰隊。」小笨貓焦急地說，「我只是想知道，如何才能成為一名優秀的機甲駕駛員？」

「很簡單。」火焰菲克快速回答道，「超過我就可以了。」

「可我怎樣才能超過您？」小笨貓急忙又問。

火焰菲克一愣，認真打量了一下眼前這個破破爛爛的小機甲，說道：「超過我？小弟弟，那可不是件容易的事情。想要成為一名優秀的機甲駕駛員，首先必須對機甲駕駛擁有超乎尋常的熱愛。機甲駕駛訓練是極其枯燥而艱難的事情，如果你沒有足夠的熱愛和堅持，就會和絕大多數人一樣選擇放棄。只有堅持到最後的人，才有資格獲得勝利，成為最優秀的機甲駕駛員。」

火焰菲克說完，便轉身離開了，留給小笨貓一個偉岸的背影。

「真不愧是火焰菲克。」小笨貓一臉崇拜地喃喃自

語，「我一定要努力，成為和他一樣優秀的機甲駕駛員！」

「什麼？哈哈哈——和火焰菲克一樣？笨貓，就憑你？！」

一個熟悉的聲音在背後響起。小笨貓立時像嗅到危險信號的刺蝟，渾身的汗毛都豎起來了。他轉頭看去，只見一個臉上有十字疤的劍客造型機械人，正抱着胳膊站在那裏。

「狂野劍豪？你來這兒幹嗎？」小笨貓一眼就認出了來者，正是他在現實世界裏的死對頭——野原輝。

「當然是為了報名，和岩石城雄獅隊一起戰鬥！」野原輝得意揚揚地說，「笨貓，我奉勸你放棄幻想。否則，萬一在機甲挑戰賽中，遇見了我的野豬攔路者，你的小破牛可就完蛋了。」

「我已經把小牛改裝升級了！」小笨貓不服氣地說，「到底是誰完蛋，那可說不準！」

「可惡！」野原輝被氣得咬牙切齒，說道，「笨貓，能打就別廢話！機甲訓練場一對一！敗方給勝方提一學期的書包！」

「去就去！誰怕誰！」小笨貓揉了揉鼻子，不以為意地哼了一聲。

然而剛走出沒幾步，他突然感覺自己的小牛機械人就像被摁了暫停鍵，完全無法動彈了，周圍的一切也全都靜止了下來。

兩行綠色的全息文字出現在眼前——

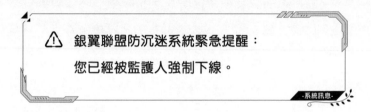

⚠ 銀翼聯盟防沉迷系統緊急提醒：
您已經被監護人強制下線。

-系統訊息-

「什麼？等等！」

咕咚一聲悶響，小笨貓眼前一片漆黑。當他再次睜開眼睛時，發現自己正躺在自家閣樓的地板上。

小笨貓感覺一陣天旋地轉，好一會兒才弄明白，自己剛才太過激動，不小心從鐵架牀上掉下來了。

他一把摘下老式 VR 頭盔，把手中握着的智能遙控手柄扔到了一旁，然後氣鼓鼓地瞪大眼睛，望着天花板下那個螺旋槳造型的吸頂吊燈有氣無力地旋轉。

「爺爺偏偏這時候強迫我下線，又要讓野原輝那傢伙得意幾天了！」小笨貓仰面躺着，戴上頭盔再次確定——無法登錄了。

他鬱悶地將頭盔扔到一邊，地板被撞得咚的一聲響。

這時，樓下傳來爺爺老沐茲恪喋喋不休的聲音。

小笨貓從地上坐起身，環顧了一圈這間不足 15 平方米的房間。

隨着清脆的鳥鳴聲，陽光穿過粗糙的小鐵窗，照亮了這間他已經住了好多年的閣樓。這裏和他第一天住進來時一樣，地面堆滿了雜物，以及各種型號的金屬零件。

一個用舊棒球和螺栓做成的小機械人，仰面躺在一隻破襪子下面，藍色玻璃彈珠做成的眼睛，正直愣愣地瞪着他，發條耳朵咔嗒咔嗒地慢慢旋轉。

周圍灰泥牆面被塗抹成了明快的藍綠色。房間的智能中控投影面板上，被改裝成了汽車輪胎造型的霓虹燈閃爍着紅黃相間的熒光。

一張鮮紅奪目的海報貼在另一邊牆上——塗裝着金紅綬帶的外骨骼機甲勇士和一個火紅色的機械人並肩站立，兩行由火焰組成的大字，在電子海報裏旋轉——

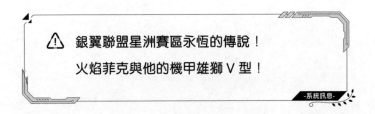

銀翼聯盟星洲賽區永恆的傳說！
火焰菲克與他的機甲雄獅 V 型！

-系統訊息-

在海報下面的破鐵皮櫃上，錯落有致地擺放着各種機械人模型，但如果多看幾眼，就會發現這些都是半舊的殘次品。它們全都擺放在一個褪色的舊相框周圍，彷彿守護着照片中那位笑容溫柔慈愛的女士和她懷抱中的嬰兒。

小笨貓從一堆零件中找出一個貼着「爆炸貓」頭像的通信手環，呼叫小小軍團的伙伴們，然而遲遲沒有回應。

「可惡！」小笨貓突然用力拍了一下腦門兒叫道，「剛才居然忘記找火焰菲克要電子簽名了！」

他懊惱地把手環扔到一旁，單手托腮，開始回憶幾分鐘前與火焰菲克的對話。

他做夢都希望自己有朝一日能像火焰菲克那樣，在真實世界裏駕駛着一台超級機甲，成為人人仰慕的超級英雄！

一個能拯救整個星洲，不，整個銀河系的大英雄！而不是被困在這間像老鼠籠一樣的小閣樓裏……

「未來的機甲英雄」小笨貓長歎了一口氣。

他並不知道，在他拯救銀河系之前，樓下一場風暴正在醞釀，一觸即發……

此時，老沐茲恪的叱責聲，再次從樓下傳來。

「小笨貓！小臭貓！我知道你在偷偷訓練駕駛機甲！」櫥櫃門的開合聲中，老沐茲恪的喊叫聲變得含混不清，「……寒假……作業……寫完了嗎？就知道玩……趕快下來！」

「就下來！」小笨貓不服氣地大聲回答。他隨手抓起一件蠶蛹般硬邦邦的毛衣套在身上，嘴裏還在咕噥，「説過多少次了，我是在訓練，不是玩……」

説着，他從褲管裏倒出幾顆螺絲，穿戴整齊後從地板上跳起來，摁下了牆壁上智能中控面板的啟動鍵。閣樓裏瞬間響起了聲嘶力竭的搖滾樂，從衣櫥裏彈出一個掛着兩件舊機車夾克的衣架，折疊書桌從地板下「撐」了出來，像樹木生長一樣，百葉窗瘋了似的不停降下又升起……

巨大的噪音像潮水般湧來。小笨貓慌忙摁下暫停鍵。

「可惡，十年前的垃圾晶片！」小笨貓用拳頭捶了兩下面板。一陣吱吱聲中，抽屜、衣架和書桌，甚至連牀架全都折疊壓縮，最後藏進了牆壁或地板中。只剩下擺放照片和機械人模型的鐵皮櫃，仍然立在那裏。

不一會兒，搖滾樂調回到了正常的音量，螺旋槳吊燈下投影出一個只有巴掌大的全息影像，那是狂野小子樂隊的現場表演。

一個機械洗手台從地板上緩緩冒出。天花板和牆壁逐漸消失，幾分鐘後，昏暗狹窄的小閣樓竟變成了透明的玻璃陽光屋。

小笨貓在微風、晨光和激昂的音樂聲中開始洗漱。身體隨着動感的音樂節奏扭動，當音樂結束，他像貝斯手一樣揮動手臂，全然不顧白色牙膏沫被甩得到處都是。最後，他胡亂地洗了把臉，用水將額前劉海拂向腦後。然後踩着 20 世紀 80 年代的太空舞步，瀟灑地披上自己最喜歡的飛行夾克，欣賞了一下自己在鏡子中的影像。

「帥！」小笨貓沖夾克上的火焰菲克頭像豎了個大拇指。

就在這時，樓下傳來霸王龍一般的咆哮聲。

「臭小子！馬上給我下來——5——4——」

「又來了！我都十二歲了，還跟我玩倒計時——」小笨貓翻了個白眼，又朝擺放在鐵櫃上的照片敬了個禮，「老媽，我走了，祝您今天過得開心！」

「3——2——」

「來啦！」小笨貓趕緊穿上一隻破了個洞的襪子，另一隻卻怎麼也找不到，但已經來不及了。

在老沐茲恪的倒數聲中，他拉開位於房間中央地板上的一個暗格，順着一根光滑的圓鐵柱，熟練地滑到了一樓的小客廳裏。

小客廳和閣樓裏一樣亂糟糟的。

小笨貓避讓着各種奇怪的零件和未完成的作品，正準備打招呼時，他突然發現了爺爺膝蓋上機械白鴿留下的電子賬單，頓時心虛了起來，悄悄轉過身，想要若無其事地離開。

「想去哪兒？過來，坐下！」老沐茲恪指了指鐵皮餐桌，命令道。

小笨貓小心翼翼地隔着餐桌在爺爺對面坐下來。

小笨貓和爺爺性格上有着許多相似之處，但相貌卻完全不同。

老沐茲恪年輕時，身材高大壯碩，而小笨貓卻身材瘦小，像一隻營養不良的流浪貓。除了遺傳自母親的柔軟髮

絲和父親的黑亮髮色外，他消瘦的臉龐上，一雙深棕色眼眸總是炯炯有神，就像星星一般閃閃發亮。

在他後脖頸處有一圈淡淡的皎月形狀的胎記，小笨貓認為那是媽媽擔心以後認不出他，而故意留下來的標記。

爺爺沐茲恪對此卻不以為然。

爺孫倆的個性固執得就像兩頭蠻牛，而且經常意見相左。古物天閣裏時常吵吵嚷嚷，多數時候是爺孫倆在為機甲相關的問題爭論不休。

「不許駕駛機甲！否則打斷你的貓腿！」

從小笨貓能聽懂人話至今，這句話爺爺沐茲恪已經對他重複了無數遍。

每次爭論，老沐茲恪的沒理由就是最大理由。

如果小笨貓糾纏不休，老沐茲恪就要執行家法（用鐵拐杖戳）來管教了。

天可憐見，到目前為止，為了堅持自我，小笨貓經歷了無數次被「敲打」的時刻。

「我說過多少次了，不許亂用我的流量！尤其是用來訓練駕駛機甲！」老沐茲恪呵斥道，花白的鬍子也隨之顫抖。

「鎮子裏的小孩兒都能訓練，為什麼我不行？」小笨貓沮喪地嘟嚷，「我以後還要駕駛機甲，去看看外面的世

界呢。」

小笨貓的話像火苗,一下就把老沐茲恪這個「炮仗」點着了。

「臭小子!你住在我的屋子裏,吃我的,用我的,就得聽我的!」他舉起手中的鐵拐杖,氣呼呼地吼道,「只要有我在的一天,你就不要有離開廢鐵鎮的念頭!否則,我打斷你的小貓腿!」

小笨貓不以為意地撇撇嘴。

吱呀——吱呀——

從廚房裏傳來的聲響打斷了客廳裏的爭吵。機械人管家阿里嘎多穿着一條愛心印花圍裙,端着兩個碗走了出來,分別放到了老沐茲恪和小笨貓的面前。

小笨貓和老沐茲恪暫且偃旗息鼓。他們各自帶着一絲期待,好奇地湊上前瞧了一眼——碗裏盛着一團黑乎乎的膠狀濃縮物,上面還有朵土黃色的愛心形狀拉花——爺孫倆頓時面如鐵灰。

「爺爺,你又給阿里嘎多的程序升級了嗎?它做的飯,你不覺得越來越奇怪了嗎?」

阿里嘎多是一直照看小笨貓長大的管家機械人,年紀和這個房子差不多。

小笨貓喝了一口「粥」,瞬間整張臉都扭曲了:

「呸——這粥比豬食都難吃！」

老沐茲恪抬起頭，咆哮聲炸得小笨貓的腦袋嗡嗡作響：「臭小子，説什麼呢？你吃過豬食嗎？前天你和那羣狐朋狗友搞什麼『牛奶大炮』送快遞，弄得滿鎮子雞飛狗跳！」

老沐茲恪繼續吼道：「知道嗎？四十多號人跑來告狀！阿里嘎多在門口，鞠了一整天躬！最後，腰斷了！焊接好後，動力系統一直出問題。我不得已才刪減了它的程序。」

小笨貓重新打量了一番阿里嘎多，這個可憐的機械人管家，腰和小短腿之間被粗魯地纏上了幾層厚膠帶，眼下還能活動已經十分難得了。

「爺爺，是您設計的彈跳投遞系統有問題……唉，我不該用的……」小笨貓鼓起勇氣又喝了一口粥，難受得直吐舌頭。

「閉嘴，喝粥！」老沐茲恪氣急敗壞地咂巴了兩下嘴，一句話也説不上來。他揮了揮手，招呼一個懸浮在半空中的果蠅機械人飄到他面前。

他打量着果蠅機械人投射在餐桌上的全息影像，那是正在直播的廢鐵鎮本地新聞。

星洲衞生署派來的巡查長——野原輝的父親野原

光先生，正在激昂地大聲演講：「很高興，在我的帶領下，廢鐵鎮今年的垃圾分類和回收，取得了前所未有的進步……」

「呸！他在這裏得意什麼？」老沐茲恪指揮果蠅機械人切換到下一條新聞。

看到小笨貓已經喝完了最後一口粥，老沐茲恪咕噥着說：「最後一次提醒，放棄那些白日夢吧。你是我孫子，這一點毋庸置疑。我們家沒有人擁有機甲駕駛天賦。分解垃圾和維修機器，才是我們在廢鐵鎮生活下去的立身之本。」

小笨貓不服氣，倔強地揚起頭說：「爺爺，對我的天賦，您一無所知！」

「什麼意思？」老沐茲恪的眉頭迷惑地扭了起來。

小笨貓咧嘴一笑，大踏步走到那部智能座駕旁，用力掀開墨綠色尼龍布，一部造型奇特的座駕出現在了爺孫倆面前——它通體火紅，尾部就像火雞散開的尾羽，浮誇極了。兩側把手組成了雞冠造型，4 個滾輪被設計成了隱藏式的「噴氣背包」。

「爺爺，啟動這部座駕時，您遇到了一點兒小困難吧？」

小笨貓氣定神閑地一抬腿騎了上去，安全系統自動扣

上了安全帶。

「那又怎麼樣？」老沐茲恪不以為意地說。

「我把晶片升級了，順便加裝了噴氣系統和幸運扭蛋機，還搞了點兒個性小裝飾。它現在有了一個全新的名字——火雞王座！您覺得怎麼樣？」小笨貓自信滿滿地看着爺爺沐茲恪。

「臭小子，又亂動我東西！對了，你哪兒來的晶片？」老沐茲恪惱怒地舉起了鐵拐杖。

這個動作對小笨貓可有着十足的威懾力。他從小在鐵拐杖下長大。每次犯錯，屁股上總要挨那麼幾下。

「我從 5 號儲存室的廢棄無人機上撬下來的……」小笨貓下意識想要躲避，卻不小心碰到了火雞王座的啟動鍵，火雞王座發出一陣如母雞下蛋般的聲音，咯咯嗒，咯咯嗒——

「什麼情況？你都裝了些啥玩意兒？」老沐茲恪怒極反笑。

緊接着，發動機開始轟鳴，火雞王座向下噴氣並逐漸升空，像沒頭蒼蠅似的在客廳裏亂撞了起來。

「臭小子！趕緊下來！」老沐茲恪一邊呵斥，一邊抱住頭，以防被「發瘋」的「火雞」撞到。

「爺爺，下不來了，它是全自動的……」在雞叫聲和

撞擊聲中，小笨貓哭喪着臉解釋，「另外扭蛋機好像也出了點兒小問題……」

「你説什麼？我聽不見！」老沐茲恪大聲嚷道。

這時，一個雞蛋大小的紅色氣泡從火雞王座的噴氣口噴出來，飄到了老沐茲恪的臉上，噗地炸出一團紅色煙霧。

老沐茲恪瞬間被炸成了人形「紅色辣椒」，飄散出一股嗆人的辣味。

「嘀——小笨貓首創，全自動飛行模式，讓您享受飛翔的樂趣！」火雞王座發出不太好聽的智能語音。

「臭小子，你把智能座駕改成什麼鬼玩意兒了？」

在老沐茲恪炸雷般的斥責聲中，火雞王座數次碰壁後，載着慘叫的小笨貓撞碎了玻璃窗，拉斷了窗外的晾衣繩，拖着老沐茲恪的破洞汗衫、起毛球的襪子，還有花褲衩兒飛出了古物天閣，朝廢鐵鎮最熱鬧的綠蔭廣場飛去……

「咕咕咕！嘻嘻——嘰——」

火雞王座在廢鐵鎮半空開心地唱歌，噴灑出各種顏色的氣泡，旋轉着從人們頭頂飄過。

從空中往下看，整個廢鐵鎮就像是蒙了一層灰的金屬垃圾場。鐵色的房屋毫無規則地堆砌在一起，鏽跡斑斑的

粗大金屬管和鋼架裸露在外面。唯一有其他色彩的地方是兩塊全息廣告牌，在大面積灰黑的色調中閃爍着微微的熒光。

此時的小笨貓無心欣賞這一切，他感覺自己已經暈得七顛八倒了。

爺爺老沐茲恪的衣服和褲衩兒，就像小彩旗在他身後迎風招展。

「快──停──下──」

眼看着火雞王座就要和鎮上那座標誌性的 P45 躍遷戰機雕塑撞上了，小笨貓嚇得失聲尖叫，嘴巴大得足以塞下一個蘋果。

「咕咕嘰──衝浪飛行模式，讓您享受衝浪的樂趣！」

火雞王座似乎接收到了小笨貓的語音指令，突然急剎車，整體向後翻轉 90 度。小笨貓橫躺在半空中，欲哭無淚。

翻轉中，老沐茲恪的一隻舊襪子掉了下去，恰好落在正在露天餐廳吃海鮮掛麵的雕塑師羅谷先生的碗裏！

羅谷先生抬起頭，惱怒的表情漸漸變成了驚愕，他指着半空大喊：「快看，有人違反禁令，在天上衝浪！」

人們全都抬起頭，朝天空中的「火雞」指指點點。

「火雞」突然又興奮地噴出了一個個彩色氣泡。

當彩色氣泡炸出彩色煙霧時，廢鐵鎮中心街一帶可全亂套了——賴特兄弟渾身被染上了黑白條紋，看上去就像兩匹斑馬；路口做煎餅的「酸菜」大媽變成了一顆冒煙的大檸檬；影院的志豪哥被染成了綠皮蛙；煙霧甚至導致路上的車輛接連碰撞追尾……

「停！不要再噴了！」小笨貓用力捶打着操控面板，但智能系統毫無反應。

飛行了大約一刻鐘後，噴氣背包的動力漸漸不足了，有一搭沒一搭地冒着白煙，唱的歌也開始走調。

「臭火雞！快停下！」小笨貓低頭看了一眼地面上的人們，又趕緊改口，「不，不對！快點兒逃！」

被氣泡染上各種顏色的居民們聚在一起，高聲叫喊着追趕小笨貓，浩浩蕩蕩的隊伍簡直就像嘉年華大遊行一樣壯觀，就只差幾輛花車了！

當然，這還沒有到最糟糕的時候。

終於，火雞王座馱着小笨貓，畫着「8」字形飛到了廢鐵鎮中心綠蔭廣場的上空。

此時的綠蔭廣場人頭攢動。

星洲衞生署派來的巡查長——野原光先生，正站在一個繁花簇擁的高臺上聲情並茂地演講：

「上半年的垃圾分揀計劃，廢鐵鎮獲得了佳績。作為獎勵，衞生署將提出更高的標準來要求大家……」

他穿着筆挺的西裝，梳着油光發亮的大背頭，穿着和儀錶與周圍破舊的環境極不相稱。十來架無人攝像機在半空中盤旋，從不同的視角進行拍攝。

台下的居民們有的一臉麻木，有的則一臉戲謔，像在圍觀動物園裏的大猩猩一般。除了胖得像熊貓的駱基士警長在用力鼓掌外，還有一些呼嚕呼嚕的鼾聲。

一陣雞叫聲響起，駱基士警長如臨大敵。他抬頭看見

一個騎着「火雞」的少年正在半空中做出「嘲諷」的動作。

那個少年，正是他在廢鐵鎮這十多年來職業生涯的噩夢——小笨貓！

一個接着一個的彩色氣泡在廣場的人羣中炸開了，居民們被染成了五顏六色，就連野原光巡查長也未能倖免。

十來架攝像機進行了現場直播。

野原光巡查長氣得七竅生煙，大吼着：「把那個騎雞少年給我抓下來！」一條花褲衩兒迎風飄來，蓋在了他憤怒的臉上。

「小笨貓！」駱基士警長中氣十足地怒吼道，「你完了！這次你真的完蛋了！」

「警長——這是意外！我不是故意的，你一定要相信我！」小笨貓在半空中解釋道。他哭喪着臉懺悔的畫面，被定格在了廣場所有可以拍照的智能終端上。

越來越多憤怒的「彩色難民」們開始尋找臭雞蛋、爛菜葉或者其他什麼東西扔向天空，結果卻砸到了自己或者不相干的人，廣場上一片混亂。

小笨貓在半空中焦急地拍打操控面板，試圖加速逃離。

就在這時，始料不及的巨大故障出現了。

火雞王座發出一聲冷漠的語音：「嘀——小笨貓首創，

飛碟探索模式，即將啟動！」

一秒之後，火雞王座就像被抽打的陀螺一樣，在半空中瘋狂地旋轉起來。

「完了！救命！」小笨貓發出絕望的哀號。

火雞王座噴出大量白色蒸汽，載着小笨貓掠過路邊的鋼架，穿過晾了許多衣服的屋頂，在轟隆作響的海洋垃圾加工廠上空打了個旋，最後飛向了廢鐵鎮郊外茫茫的未知之處。

第 2 幕 結束

荒原海豚號之隕

日落時，雲層的影子綿延無盡。

距離廢鐵鎮 2000 公里以外，一艘橙藍相間的星際科考飛船正平穩地航行在藍色地球上空。它長約百米，造型優美，猶如在天空中遨遊的巨型海豚，船身上銀色的銘文標識着它的來歷——靖海大學。

四艘銀灰色預警飛船環繞在附近，機翼上的警示燈靜靜地閃爍着，為科考飛船護航。

「現在是宇宙曆 2072 年 3 月 6 日，15 時 59 分 59 秒。」

「已來到星洲上空，高度 10 萬米，軌道碧雲航線。」

「荒原海豚號，飛行一切正常。」

飛船駕駛艙內，頭髮花白的老艦長蒙巴頓先生，正神情專注地坐在指揮椅上，做着語音飛行記錄。幾十名艦艇工作人員在控制台前各司其職，緊張忙碌。

蒙巴頓艦長明白這不是一次普通的飛行任務。

此刻，位於飛船第四層的「生命孵化車間」內，彗星級科學家宇文柏博士，正率領着他的核心團隊，進行着一場關乎人類生存與進化的重要實驗。

生命孵化室內，氣氛凜然，僅有細微的電流聲在提示着所有人，實驗仍在進行。鶴髮蒼蒼的宇文柏博士，穿着靖海大學的白色實驗服，正緊張地注視着孵化室中央的一個無菌艙。六名學生助手在一旁屏息靜氣地記錄、驗算着。

實驗室中央三米多高的圓柱形無菌艙前，一名身着白色緊身實驗制服的少女，正聚精會神地站在那裏。

她臉龐清秀，稚氣未脫，烏黑的齊耳短髮，新月般細

長的眉毛下，美麗的眼瞳閃爍着紫光。白皙光潔的額頭與挺拔的鼻樑上，滲出細細的汗珠，在燈光下仿若細碎的水晶一般。

少女戴着一副白色手套，指尖纏繞着閃爍細微光澤的納米絲。而在納米絲的另一端，連接並控制着無菌艙中的精密儀器。

她的每一個細微動作都被儀器靈敏地感應到，並執行相應的操作——這就意味着她的動作容不得有絲毫差池。兩隻機械臂在她左右，準確地執行着各項指令。

「生命源液改良實驗，編號 JN-SD0519，進行時長——18 小時 13 分 36 秒，目前進程誤差率：小於 0.001%。」年輕的助手方大器，正在一旁做實驗語音記錄。

他略顯疲態地將眼鏡取下來擦了擦，説道：「這麼長時間持續操作 S 級難度實驗，不論是專注力還是體能，都已經遠遠超過正常人類的極限了……難以置信，這場實驗的主導者只有十三歲！」

「科學研究與年齡何干？」宇文柏博士掃視了一眼周圍的學生們，「陳嘉諾同學是目前世界上極少數能完成生命源液提取實驗的超級天才之一。因為她，我們靖海大學生命科學院才獲得了執行本次絕密級科研任務的機會——

這是足以永載史冊的壯舉！」

「服用生命源液的人，肉體需要經歷 72 小時的煎熬與蛻變，才有極小的概率進化成超人類。」一旁梳着馬尾辮的助手李曉莉喃喃自語道，「而當前智能人的進化速度，比人類要快太多了……」

「的確如此。」宇文柏博士皺着眉頭，輕輕歎氣，「為了提高進化概率，我們還必須前往星洲，尋找傳說中的生命聖甲蟲，才能進行下一階段的實驗……不過，無論智能人如何進化，都永遠無法擁有人類的心之力。」

陳嘉諾説道：「更新分子螺旋結構圖，解析成分數據。」

實驗室重新安靜了下來。所有人都停下來，屏住呼吸看向無菌艙。

「驗證成功。」實驗室裏響起一聲智能語音。

「預備注入催化酶，完成生命源液提取的第二步。」陳嘉諾淡定地説，「預計完成時間…… 963 秒。」

這時，無菌艙中出現了一縷縷金色流光，這些流光彷彿充滿了生命的活力，在半空中飛快遊動纏繞，絢爛奪目。

沒過多久，金色流光纏繞成了一個金色的光球。球體彷彿正在呼吸般，有節奏地微微跳動着。

「太美了……」李曉莉驚歎，眼中映出金色的光芒。

實驗室陷入震驚和狂喜的氣氛中。學生助手們興奮得不知所措，宇文柏博士的臉上也露出了欣喜的笑容。

陳嘉諾繼續冷靜地操控着納米絲，聯動着機械臂，輕輕拉扯着金色光球。光球被分裂成無數金色的小光團，如微塵般懸浮在無菌艙中，一條條金色流光就像神經脈絡，連接在金色小光團之間。

而此時，荒原海豚號在預警飛船的護衛下，正沿着既定的軌道，持續平穩地航行。

駕駛艙裏，蒙巴頓艦長站在控制台邊，神情嚴肅地盯着虛擬顯示屏上急速跳動着的一連串數字。

駕駛艙內響起一陣急促的警報聲。

「報告艦長，系統突發異常！」

「無法修復！飛船正在失控！」

領航員們神情驚慌地接連報告，艙內的燈光在刺耳的警報聲中明滅不定。

蒙巴頓艦長眉頭緊鎖，深吸一口氣，穩定住情緒，果斷地拿起了緊急呼叫器。

「這裏是荒原海豚號，呼叫空警——飛船系統出現異

常，請全力護送宇文柏博士和他的學生們撤離……」

「艦長——你看前面！」一位年輕的船員高聲驚呼。

蒙巴頓艦長朝透明舷窗外望去，頓時瞪大了眼睛——近十年的艦長生涯，他不是第一次遇見險情，但如此龐然大物還是讓他毛骨悚然。「我的天……那是……黑鯊戰艦！」

荒原海豚號的舷窗外，一艘漆黑巨艦迎面駛來。

四艘預警飛船的警示燈驟然大亮，急速飛行到了荒原海豚號的前方，擺開了防禦陣勢。

漆黑的太空中，黑色巨艦就像一條瘋狂捕食的鯊魚。

它突然發動襲擊，機翼噴射出沖天紅光，艦頭露出兩排利刃般的鋼牙，將荒原海豚號籠罩在一片陰影中。

荒原海豚號駕駛艙內，慌亂的領航員們臉色煞白，拼死搶修飛船操作系統。

警報器裏迴響着預警飛船急促的報告聲——

「我們已經被黑鯊戰艦武器鎖定！」

「導彈正在接近——」

「開火——」

預警飛船立即朝黑鯊戰艦發射出一道道藍色激光。

　　此時四枚冒着紅光的導彈，不偏不倚地擊中了四艘飛船，飛船瞬間在黑暗的太空中炸裂成四團猩紅刺目的火光，化為無數碎片與煙塵。

　　「立刻啟動防護罩——回避！」蒙巴頓艦長的額頭滲出大滴汗珠，他一邊指揮驚慌失措的船員，一邊緊握呼叫器，輸入一小段語音口令後，急切地大聲呼喊：「呼叫銀翼聯盟！荒原海豚號遭遇襲擊，請立即救⋯⋯」

　　嗡——一道刺耳的電流聲響過，通信被切斷了。

　　駕駛艙內突然安靜了下來。蒙巴頓艦長驚恐地抬頭望去，周圍所有控制台的虛擬顯示屏突然黑屏，接二連三跳出一個個令人震驚的「黑金狼首」標識。

　　這是奧茲曼邪惡智械軍團的專屬標識！

　　「哈哈，卑微的小蟲子們！不必驚慌！」

　　「荒原海豚號現由第三智械軍團奧茲曼博士接管！反抗者，一律清除！」

　　一個陰冷的電磁男聲穿透屏幕，縈繞在駕駛艙中每一

個工作人員的耳畔。

人們發出一陣此起彼伏的驚慌的喊叫聲。

「將海豚號所有能量轉移到實驗室的防禦罩上。」

蒙巴頓艦長的表情肅穆，他目光堅定地望着飛船屏幕上的黑金狼首邪惡標識，內心已然做出決定：開啟緊急通道，激活救生艙，掩護靖海大學實驗團隊立即撤離……生命源液……絕不能被智能人搶走！

「愚蠢，妄想，自尋死路！」電磁男聲厲聲咆哮。

砰——轟隆隆——

幾枚導彈擊中了荒原海豚號的船首。

震耳欲聾的爆炸聲中，飛船劇烈搖晃，船艙內火光沖天。

生命孵化室內，高速旋轉的警示燈照亮了宇文柏博士和學生助手們驚慌失措的臉，電子廣播提示音在不停地大聲呼叫。

「突發警報！飛船遭遇邪惡智械第三軍團襲擊！」

「艦長令，請靖海大學實驗團隊沿安全燈指示路線，迅速撤離！」

無菌艙前，兩隻機械臂快速地將陳嘉諾固定在原處，

以免飛船搖晃影響到她正在操作的實驗。

這時，陳嘉諾眼前的虛擬屏上出現一行文字——

> 🚗 線路不穩定，是否中斷實驗？

「忽略。將操作系統強制更改為全手動。」陳嘉諾毫不猶豫地回答，「實驗一旦中斷，就會前功盡棄。」

虛擬文字消失了，纏繞在她手指上的納米絲自動折斷。

陳嘉諾輕吸一口氣，調整好氣息，將注意力集中。她雙手緊緊握住無菌艙配置的機械臂搖杆，通過搖杆，專心致志地操縱無菌艙內的儀器，繼續進行實驗。

「呼叫蒙巴頓艦長，實驗正處在關鍵時刻，究竟怎麼回事？」宇文柏博士摁亮掛在耳邊的通信器，在警鈴聲中大喊。

學生助手們驚慌地保護着周圍的珍貴實驗品與儀器。

通信器那邊僅僅傳來一陣嘈雜的電流聲。

宇文柏博士神情凝重，他猛地抬起頭，厲聲對着學生們大喊：「所有人前往救生艙，立即撤離！」

「可是實驗……」李曉莉擔心地説。

「來不及了……」宇文柏博士看了一眼仍在實驗狀態

的陳嘉諾專注的背影，無力地歎了口氣，「所有失去的，都會以另一種方式回歸。」

砰——轟隆隆——

巨大的爆炸聲中，飛船再次猛烈地搖晃起來。

紅色警燈急促閃爍，智能語音變得斷斷續續。

助手們的驚叫聲此起彼伏。

宇文柏博士跌跌撞撞地走到陳嘉諾身邊，焦急地催促：「陳嘉諾同學，你必須立刻離開！」

「請安靜。」

陳嘉諾毫不在意自己正身處險境，繼續平靜地操縱機械臂。懸浮在無菌艙中的金色流光球，此時正在有規律地躍動，並且在逐漸縮小。

艙室正前方的虛擬屏上，跳出一個「生命源液改良實驗」的進度框，紫色進度條在緩慢向前延伸——

5%……10%……12%……

「還差最後一步。」陳嘉諾從容地說，「預備盛載容器。」

宇文柏博士吃驚地睜大眼睛，但他立刻用力點頭，轉身快步走向旁邊的實驗台，操作容器流程。

砰！砰砰！

實驗室外的鈦合金大門響起猛烈的撞擊聲和槍械開火的聲響，而陳嘉諾和宇文柏卻不為所動，繼續專注於實驗。

「導師和嘉諾需要更多時間！」李曉莉緊張地喘着粗氣，額頭上掛滿了汗珠，「做我們力所能及的！」

「生命源液⋯⋯不能落到智能人手上！」方大器大聲說。

學生助手們紛紛響應，手忙腳亂地將實驗室內各種輔助機械和儀器堆到門口，阻止大門被攻破。

宇文柏博士欣慰地掃了一眼他的學生們，把一顆銀色膠囊轉交給一旁的陳嘉諾使用。此時，金色流光球只剩下雞蛋般大小，虛擬屏幕上的實驗進度條顯示——

50%⋯⋯55%⋯⋯60%⋯⋯

轟隆隆——

炮擊聲響起，大門和堆積如山的輔助機械都被炸開了，助手們紛紛被震倒在地。

宇文柏博士吃驚地瞪大眼睛。

下一秒，他回過了神，飛快摁下無菌艙旁邊的按鈕，啟動了光學迷彩屏障——陳嘉諾、無菌艙和兩隻輔助機械

臂，頓時「消失」在所有人的視野中。

　　幾乎是同一時間，火光熊熊的門外，成羣結隊的邪惡智械兵沖入實驗室內，將手無縛雞之力的學生助手們控制在閃着寒光的槍口之下。

　　智械兵們兩米多高，通體漆黑，拉長的頭部就像一個碩大的激光炮管，上面只有一隻紅色的機械眼睛。機械構築的軀體上，合金塊和機械零件棱角分明，手臂上銘刻着「SP-6」的標記。

　　「SP-6⋯⋯第六代智能機械兵⋯⋯難道説⋯⋯」宇文柏博士的臉色變得煞白。

　　這時，一陣腳步聲由遠及近，沒過多久，一雙黑色的長筒靴大踏步踩在了實驗室內整潔的地板上。

　　靴子的主人是一個身材精瘦的青年，一雙布滿血絲的眼睛神經質般瞪着。尖細的灰色臉頰和高高隆起的精鋼鼻梁讓人不由得聯想起西伯利亞的雪狐，向上沖天豎起的血紅雞冠頭乾枯得猶如一堆被乾燥劑處理過的麥草。

　　他披着一件寬大的橙色皮外套，微微駝背。

　　青年神經兮兮地抬起右手的食指，對着天花板彈動。

　　噗的一聲脆響，他的指尖躥出一團紅色火苗。他突然指向門邊實驗台——

　　瞬間好幾個試圖抵抗的勇敢助手被炸死。反應過來的

助手們全都被嚇得臉色煞白。

「各位，新鮮出爐的火焰彈，想嘗嘗滋味嗎？」

駝背青年嘴角一咧，露出一個詭異的壞笑：「如果想活命，就交出生命源液！」説完，將離他最近的助手方大器一腳踢飛。

「這裏……沒有生命源液……」方大器捂着胸口，吃力地從地上抬起頭説，「……只有一顆熱愛科學的心。」

駝背青年惡狠狠地瞪着他：「沒有？那你們可就要倒大黴了！我的人類朋友！」

方大器躺在地板上痛苦地呻吟。智械兵們抵住學生助手們的槍口漸漸亮起了紅光。

宇文柏博士的額角淌下大顆汗珠，他咽下一口唾沫，艱難地質問：「你……你是人還是智械？難道你們第三軍團，意圖破壞火山灰戰爭後的和平公約嗎？」

「不要和我講大道理！利爪傭兵團所到之處，從來就不會有和平！」駝背青年惱火地扭頭凝視宇文柏博士。

宇文柏博士深吸一口涼氣，身體在微微地顫抖：「利爪傭兵團——火山灰戰爭前最臭名昭着的傭兵團之一。難道你就是——那個叫作爆狐的智能人逃犯？」

光學迷彩屏障中，陳嘉諾眉頭緊皺地朝智能人爆狐的方向微微側目，輕輕摁下一個十字星形狀的呼叫器。

接着，她重新凝神靜氣，繼續操縱儀器進行實驗。

此時，流光金球只有棗核大小了。虛擬顯示屏上顯示着實驗進度條──

······72%······80%······

實驗室門口，爆狐得意地仰頭大笑起來。

「算你還有點兒見識。不過，好漢不提當年勇──我今天是來找生命源液的──給我搜！」

跟在他身後的幾個獨眼智械兵沖了進來，在實驗室裏到處搜索。

宇文柏博士揑緊拳頭，緊張得幾乎無法呼吸，生怕智械兵碰觸到被光學迷彩屏障遮掩的陳嘉諾。好在智械兵們似乎急着尋找生命源液，因此一直圍着四周的實驗台打轉。

「這裏沒有生命源液。請回吧。」宇文柏博士努力控制住自己的焦慮與緊張，壓低聲音説。

「沒有？還嘴硬！」爆狐暴躁地怒吼一聲，突然用力展開雙臂，挺起胸膛──橙色的皮衣外套竟被利刃劃破了，碎裂成一塊塊掉落在地上。

爆狐的身體竟然是駭人的鋼鐵機械──金屬胸骨的縫

隙內，幽藍色的電光不時溢出。齊膝長的機械雙臂末端連接着兩柄激光長刀，閃爍着冰冷的寒光。

爆狐縱身一躍，跳到了宇文柏博士的身邊，用激光長刀的刀尖抵住宇文柏博士的下顎。就在這時，實驗室裏響起一個嘶啞的聲音：

「住手，爆狐，別忘了我們是來幹什麼的！」

一大團黑色的濃煙出現在實驗室門口，彷彿有魔性一般翻滾着。突然，黑煙迅速散去，一個挺拔而威嚴的身影顯現了出來。

那是一位年約六十的老者。

他幾乎有兩米高，穿着藍紫色的軍服，高高的領口上方露出構造精密的機械脖頸。頭頂稀疏的銀髮向後梳理，蒼老的皮膚上布滿疤痕，像一塊塊縫合起來的一樣。

他的額頭上有一個三角形的金屬蓋，雙眼的瞳孔很大，呈灰黑色，雙唇緊閉，乾瘦的臉頰上毫無表情，就像是一個冰冷的、沒有感情和生命氣息的機械人。

這時，他的一個瞳孔亮起了熔岩般的火紅光亮，環視了一眼實驗室，喃喃自語道：「別害怕，我的老朋友。我們走進夜海，只為打撈遺失的繁星。」

「高階……智能人？」李曉莉小心翼翼地問。

「不，他是人類。」宇文柏博士的喉嚨發緊，隨後發

出憤怒低語，「不過，他是人類的叛徒！為了一己私利，成了智能人帝國的走狗，現任第三軍團統帥——**奧茲曼博士**①！」

爆狐正準備給宇文柏博士一點兒教訓，奧茲曼輕抬了一下手臂，示意爆狐退後。

接着，他微微垂下眼瞼，冷漠地望着喘着粗氣的宇文柏博士，彷彿在他眼前的不是活人，而是一台沒用的破爛機器。

「恍如昨日，你還是魯莽、衝動，毫無遠見。正因如此，你永遠都不是我的對手，宇文柏老弟。」奧茲曼博士冷冷地說，「但我今天沒有時間跟你敘舊。我遠道而來，只為欣賞生命源液。」

「我說過，這裏沒有生命源液！」宇文柏博士幾乎在咆哮了，「荒原海豚號不歡迎你——請你馬上離開！」

奧茲曼博士冷峻地注視着實驗室中央的位置，不發一語。

這時，一個人像沙包般，被披戴着黑色斗篷的邪惡智械兵扔到了地板上——是蒙巴頓艦長！

---

①奧茲曼博士：曾經是人類，在火山灰戰爭中遭遇核輻射，人類軀殼逐漸腐爛。為求保命，墮落為半機械半人類的「混亂生命體」。性格歇斯底里，飽受神經紊亂症困擾。有一個十一歲的兒子，名叫奧力，目前重病中。

他傷痕累累，像被操控的木偶般目光僵直，含混不清地輕聲說：「絕密科研任務……生命源液……代號JN……正在實驗……」

宇文柏博士頓時感到渾身血液變得冰涼：「是……思維震撼波……不，你這是違反和平公約的！」

奧茲曼博士緩緩往前走了幾步，視線始終看着實驗室中央的空地。突然，他抬手指向陳嘉諾所在的無菌艙方位，厲聲命令：「去那裏，把生命源液拿過來！」

「生命源液絕不會交給你！」宇文柏博士大吼一聲，他掏出藏在口袋裏的激光手槍，朝奧茲曼瘋狂射擊。

一道道激光射在奧茲曼博士的身體上，沒有造成任何傷害就消失不見了。奧茲曼博士冷冷地瞟了一眼宇文柏博士，彷彿在厭惡他的無知。

「嘖，你在開玩笑嗎？」爆狐發出一聲搞怪的尖叫，「居然用這種小玩具對付奧茲曼博士？」他揮動激光長刀，像切水果一般將宇文柏博士的激光手槍砍成兩半。

智械兵們紛紛朝無菌艙和陳嘉諾所在的位置包圍過去。

光學迷彩屏障中，陳嘉諾目光凜冽。她用盡全力集中注意力，完成了實驗的最後一個步驟，實驗進度條終於達到了100%。

金色流光球此時變得只有指甲蓋兒大小，在無菌艙中有規律地微微跳動。

嘀——實驗結束的信號在實驗室內響起。周圍的燈光突然熄滅，一切陷入黑暗。

所有人困惑地左右張望，只有奧茲曼博士仍然直視着無菌艙的方位，岩石雕刻般的臉上，露出一絲詭異的笑容。

「哪個混蛋把燈給關了？！」爆狐在黑暗中咆哮。

就在這時，黑暗中飛快劃過一道十字紫影。

站在實驗室中央的兩名智械兵，突然被削斷了金屬鎧甲，跪倒在地，電光迸射。

「嘿！什麼人？」

爆狐在黑暗中收起了機械臂上的激光長刀，奪過一把激光槍，朝着剛才紫影閃過的地方瘋狂掃射，實驗室裏頓時響起一片玻璃器皿碎裂的聲音。

幾秒鐘後，爆狐收起槍械，準備查看「戰利品」，然而紫影悄無聲息地再次出現，宛若一道閃電，徒手將另外幾個智械兵擊倒在地。

「雕蟲小技。」奧茲曼博士冷冷地說。

他微微皺了皺眉頭，實驗室內頓時掠過一道刺耳的電流聲。緊接着，黑暗中傳來幾聲悶響。

這時，應急燈光亮起。蒼白的光束中，無菌艙失去了光學迷彩屏障的庇護，重新暴露在所有人的視野裏。只是原本懸浮在操作臺上的金色流光球不見了。

一個周身散發着凜冽氣息的嬌小少女，冷冷地直視着奧茲曼博士。

奧茲曼博士的瞳孔中，橙紅色的光圈開始飛快旋轉。

他將視線鎖定在少女胸前的銀色膠囊掛墜上，眼前浮現出兩行虛擬文字——

> ⚠ 檢測結果：生命源液二階 （未完成品）
>
> 目前缺乏元素：生命聖甲蟲粉末

「呦呵——我還以為是誰呢，黑十字星！原來是你這個臭丫頭！看來，我今天可以抓到一個活的星海騎士！」爆狐駭人的眼神似乎能把陳嘉諾生吃了，然而沒有得到奧茲曼博士的攻擊指令，他只能將金屬拳頭捏得咔吧作響。

陳嘉諾完全不將爆狐放在眼裏，神情冷傲地直視着奧茲曼博士：「放了他們。」

「小女孩兒，你要生命源液，還是要你導師的命？」奧茲曼博士冷冷地問。他輕輕抬起一隻手臂，距離他 10

米之遙的宇文柏博士，彷彿被一股看不見的力量吸住了頭頂，拎到了半空中。

老博士發出撕心裂肺的慘烈叫聲。

爆狐悻悻地走到奧茲曼博士身邊，不懷好意地說：「哼，臭丫頭……別癡心妄想了！奧茲曼博士的思維震撼波，無所不能，天下無敵！你最好還是乖乖地交出生命源液，否則宇文老頭兒就會像柿子一樣──砰！」爆狐做了個柿子被捏碎的動作。

「嘉諾……快跑……千萬不要……讓他得到……生命源液……」宇文柏博士從喉嚨裏艱難地擠出一句話。

陳嘉諾擔憂地看着神情痛苦的導師，以及其他受傷的助手們，她咬牙切齒地冷冷低語：「我不喜歡──和混種人談條件，更不會──把生命源液交給你！」

「命運來時，你可無法遏制波濤……」奧茲曼博士冷冷地嘲諷。

「有時的確如此！」陳嘉諾說着，黝黑發亮的液態金屬飛快包裹住她的身體，「但我可以學會衝浪。」

幾秒鐘後，一副造型極其炫酷的黑色外骨骼機甲，裝載在了她的身上。

陳嘉諾啟動手中的指揮棒，朝奧茲曼博士沖去。

智械兵一齊向陳嘉諾掃射。

　　陳嘉諾像一隻靈巧的黑豹，跳躍穿行在激光彈幕之間。

　　她揮動指揮棒，在空中劃出幾道紫色電光，輕而易舉地擊倒了周圍的智械兵。

　　爆狐擋在奧茲曼的身前，亮出激光長刀，怒喝一聲朝陳嘉諾揮砍。不料陳嘉諾身形極其靈巧地避開了他的攻擊，不僅如此，她彷彿一道閃電，突然高高躍起，正面攻擊爆狐。

　　當陳嘉諾輕盈落地時，爆狐驚愕地瞪大了眼——他左邊的機械臂居然被削斷，掉落在地上，激光長刀也消失不見了。

　　「螞蟻的咆哮，毫無意義。」奧茲曼博士冷漠地說。

　　他揮動一隻手臂，在空氣中攪起

一陣強烈的電磁風暴，襲向陳嘉諾。

「十字星盾！」陳嘉諾大喊。

一面半透明的紫色激光盾出現在她的手臂上，擋住了攻擊，但她仍被衝擊波的餘威重重地甩在了牆上。

陳嘉諾惱怒地重新站起來，睜大黑豹般鋒利的眸子，雙瞳亮起紫光，奧茲曼博士的戰力數據投影在她的眼前——

竟然遠遠高於自己。

「嘉諾，你……不是他的對手。」宇文柏博士艱難地低吼，「快逃……」

「逃？往哪兒逃？你們今天都得死！」

已經暴怒的爆狐從機械臂中發射出一條金屬鎖鏈，將宇文柏博士死死地捆綁住。

奧茲曼博士用力握拳，思維震撼波刺耳的聲波在實驗室內振盪。

宇文柏博士和助手們彷彿被撕裂般痛苦地大聲哀號着。陳嘉諾也難受地捂住了耳朵，她感覺大腦像觸電似的漸漸變得麻痺，意識在逐漸模糊。

蒙巴頓艦長不知何時恢復了意識，他忍痛悄悄地爬到控制台前，用盡最後的力氣摁下了緊急按鈕，沙啞地大喊：

「開啟緊急傳送門……啟動一號扭蛋艙……快……快

走⋯⋯」

陳嘉諾吃驚地看向艦長。突然間，她腳下的地板消失了，隨即失重下墜到底層的備用儲物間中，一艘白色扭蛋造型的逃生飛船，出現在她的眼前。

思維震撼波的餘波還在陳嘉諾的耳邊迴蕩，頭頂上方迴響着蒙巴頓艦長的慘叫，以及爆狐憤怒的咆哮聲。

「快逃──」宇文柏博士的聲音從上方傳來。

陳嘉諾流着熱淚咬緊牙關，極不甘心地鑽進了扭蛋艙中，從秘密發射井逃離了荒原海豚號。

「可惡！我去把那小丫頭抓回來！」實驗室內，爆狐將奄奄一息的蒙巴頓艦長扔在地上，破口大罵。

「中了思維震撼波的人類，通常跑不了太遠。」奧茲曼抬手攔下了爆狐，爆狐不服氣地齜着牙，卻不敢違抗命令。

接着，奧茲曼博士從一個古樸的神秘提箱中，取出了一顆半透明的黑色水晶球。一股黑色粒子，猶如擁有生命般變幻着各種形態，暴躁地翻滾着，彷彿被關押在籠中的猛獸。

「裂變狂眼，這是我給你的最後一次機會！」

「帶回那個女孩兒，為智能人帝國製作生命源液，你就能獲得全新的軀體──」

「現在，你是裂變蟲 K97，或者叫作──『吸鐵石』。」

奧茲曼博士的嘴角，露出一絲陰險的笑容。

「即使海風吹走了泡沫，但大海和沙岸將永恆。」

第 3 幕 結束

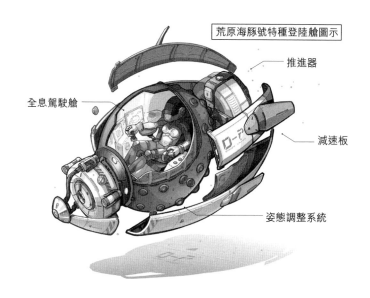

荒原海豚號特種登陸艙圖示

推進器

全息駕駛艙

減速板

姿態調整系統

第 4 幕

小牛四號

　　藍黑的宇宙空間中，靜謐得令人發慌。

　　陳嘉諾駕着白色扭蛋艙，一路急速飛行。五艘印着智能人帝國徽章的黑色戰機，如同巨大的黑色蝙蝠，緊隨其後，一有機會，便朝扭蛋艙發射綠色激光彈。

　　陳嘉諾駕駛扭蛋艙左躲右閃。

　　她在蛋艙內解除了黑十字星戰甲。

「目的地——銀翼聯盟總部。」陳嘉諾命令，「不過，去那裏之前，得先擺脫這些傢伙才行。」

飛船內響起女性人工智能的應答：「目的地已設置。激光炮裝載完畢。」

陳嘉諾凝神靜氣，猛地拉緊搖杆，扭蛋艙在空中旋轉了 180 度，掉轉頭對準了身後的黑色戰機。

「發射！」陳嘉諾高聲命令。

一束束激光炮角度精准地朝蝠翼戰機直射過去。

眨眼間，三架戰機被擊毀，冒出滾滾濃煙。

陳嘉諾正打算掉轉飛船，卻突然屏住呼吸，眉頭緊皺了起來。在戰機爆炸升騰起的滾滾濃煙中，一個怪異的殘影顯現出來。它酷似一大團正在蠕動的蜂羣，在幽暗的太空中，飛速吞噬着戰機的殘骸。

不僅如此，它還在飛快地變形。沒過多久，一架嶄新的黑色蝠翼戰機出現了，只是體形要略微纖細一些。

「這是什麼情況？」陳嘉諾驚奇地低語。

「裂變狂眼，別名吸鐵石，由來自獵戶星座的神秘隕石構築而成的新形態智能機械生物。它可以吸納各種金屬完成變形，以此來補充能量恢復狀態。」人工智能回答。

「吸鐵石……智能人帝國大統領的秘密武器。它不是已經在第三次火山灰戰爭時被消滅了嗎？」陳嘉諾冷冷地

說。

「經能量波採樣分析，這只是吸鐵石的部分殘骸。」

這時，吸鐵石變形成的黑色戰機，帶着另外兩架蝠翼戰機穿過了滾滾濃煙，朝陳嘉諾追擊過來，更加猛烈地發射着激光炮彈。

「閃避！」陳嘉諾命令。白色扭蛋艙急忙掉轉頭，像一條靈巧的飛魚，躲避着密集的炮彈攻擊。

白色扭蛋艙突然跳崖似的沖進下方厚厚的灰色雲層中。

雲層之下，是一片灰濛濛的大海，靠近海岸處聳立着一座座陡峭山崖，遠遠望去猶如巨型石林。

陳嘉諾靈機一動，駕駛着白色扭蛋艙朝「懸崖石林」急速飛去。

而此時在天空的另一處，小笨貓正坐在斷斷續續噴着氣的火雞王座上，越飛越低。

當他飛過一片青黃相間的草場，朝一座兩米多高的白色鐵桶雕塑撞過去的時候，稻草堆農場鮮綠的霓虹招牌，正在鏽跡斑斑的雕塑間閃爍。

「讓開！讓開！」小笨貓大聲叫着。

一台正在草場上勞作的雙足割草機械人停止了動作，睜大電子眼好奇地打量着天空。經過鐵桶雕塑上方時，小

笨貓終於用力掙脫出束縛自己的安全帶，尖叫着跳進裝滿積水的鐵桶雕塑裏，而火雞王座撞擊地面後，冒着煙的殘骸則分散在離他不遠的草地上。

小笨貓浮出水面，大口喘着粗氣，驚魂未定。

「難以置信……竟然安全降落了？！」

良久，他回過神來，沿着一段簡易樓梯爬出鐵桶雕塑，回到了地面上。他渾身濕漉漉的，被風一吹，打着冷戰，一腳高一腳低地走着。一陣犬吠聲在不遠處響起，小笨貓哆嗦着抬頭看——

一位身材敦實的老太太，就像一頭精力旺盛的猛虎，扛着一把老式聚能槍，踩着一台噴氣平衡車，從稻草堆農場牛棚後的小坡上，急匆匆地趕來。農場的看家小黑狗嘿嘿則一臉諂媚地沖在她前面，成羣套着電子脖圈的雞鴨鵝，沿着道路兩旁四散而逃。

「牛……牛奶奶……下午好！」小笨貓吞咽着口水說。

「呦，看看這是誰來了！」牛奶奶走下車，叉着腰，用被老花鏡放大的眼珠，瞪着濕漉漉的小笨貓，另一隻手則戴着可以感應遙控割草機械人的手套。

「牛奶奶，您的智能座駕……我已經改裝好了……不過，您也看到了……發生了一點兒小小的意外……」小笨

貓在風中瑟瑟發抖，一臉苦笑地說。

「少來這一套！」牛奶奶的嗓音像是嗡嗡作響的低音炮。

她將肩膀上滿是草屑味的厚毛巾取下，扔給了小笨貓：「意外？去年冬天，讓海警鐘樓的警報器響了一晚上的『白幽靈』，是你吧？」

「還有，上個月讓警察局盥洗室供水系統徹底崩潰的『廁所怪』，也是你吧？」

「你這個惹禍精，為什麼每次都來我這裏避難？要不是看在你爺爺的面子上，我一定不會讓你踏進農場半步！說吧，今天你又……」

這時，農場門口應景似的傳來了憤怒的人們的咆哮聲。

牛奶奶的臉色突然變得蒼白，她震驚地望着農場入口的方向。小笨貓也愕然地轉過身去。

「放我們進去……我看到那小子好像降落了！」

「小笨貓，你小子給我出來！」

一大羣全身被染得花花綠綠的「廢鐵鎮難民」，正氣勢洶洶地趕來，鐵柵欄外的叫嚷聲越來越響。

「慘了。」小笨貓的心咯噔一沉。

「我的天……」牛奶奶長吁了一口氣。

她用手指戳着小笨貓的腦門兒，說：「你是要捅破天嗎？臭小子，就不能學學你爺爺，安分守己，專心修理器物嗎？」

「我爺爺剛把警察局的巡邏飛艇給修廢了，賠了不少積蓄……」小笨貓聳了聳肩，一副可憐兮兮的樣子。

「那……還不都是為了把你撫養長大。維修生意嘛！偶爾會有風險……但總的來說……」牛奶奶不想解釋了，「得了！藏貓兒去吧！記得麻煩過後，把三號倉庫裏的那些鮮牛奶，給我運到落霞鎮去。唉，誰叫我面冷心善呢……」

牛奶奶滿不在乎地噘起嘴，踢了小黑狗的屁股一腳：「嘿嘿，去教那些擅闖農場的傢伙們一點兒規矩和禮貌！」

小狗嘿嘿怪叫着，率領着五個割草機械人朝門口跑去。

「謝謝牛奶奶！祝您長命百歲！」小笨貓趕緊轉身，朝着和嘿嘿相反的方向溜去。

他的身後傳來牛奶奶的叮囑聲：「別忘了，下星期，你們小小軍團必須支付舊倉庫的租金和電費……」

「知道了，牛奶奶！」小笨貓忙不迭地回應。

當小笨貓穿過破鐵皮搭建的奶牛棚時，那邊有四五頭奶牛正在吃草。領頭的奶牛湯姆士正在哞嗯哞嗯地叫喚，

就像在呼喊他的名字——沐恩。

　　一把拉開擋住後門柵欄的破鐵棍門閂，再走幾步之後，小笨貓來到了一幢泥灰色的舊倉庫前。這個舊倉庫，是多年前用兩個軍用大集裝箱改建而成的。

　　正面只有一扇焦黑色的破門板，灰洞洞的牆面用紅白相間的噴漆塗着「小小軍團基地」的徽章標誌——爆炸貓。

　　那是一個胖乎乎的卡通貓頭，咧嘴露出一口壞笑的尖牙，取材於某個不知名藝術家的作品，令小小軍團成員們極其欣賞。

　　鐵皮斜面屋頂上，有一個小小的瞭望台，沿着一段金屬爬梯就能輕鬆攀登上去。舊倉庫旁的大樟樹很久都沒有人打理了，樹葉落滿了整個屋頂。

　　小笨貓打開倉庫門前的鐵皮郵箱，探頭查看……郵箱裏空蕩蕩的，只有一隻小蜘蛛在裏面安靜地織網，還捕獲了幾隻小飛蟲。

　　這個破郵箱是兩年前小笨貓從逾越森林裏撿回來的紀念品。他總覺得擁有一個有編號的郵箱是件很酷的事，彷彿擁有一個能夠連接異時空的隧道，説不定會給他帶來些許好運。也許某天不經意地打開它，裏面就會躺着一枚閃閃發光的銀翼聯盟王者紀念徽章，或者是別的什麼，總之，生命的意義在於有所期待……

　　小笨貓摸了摸別在衣服上的那枚爆炸貓徽章，又想起了今天早上報名銀翼聯盟挑戰賽的事，鬱悶地撇了撇嘴。

　　這時，兩個用電子垃圾改裝成的機械貓，從門洞裏鑽了出來，搖着電線裸露在外的脖子大叫着：

　　「喵嗚——尊敬的主人——」

　　「啊啊——貓哥！下午好！」

　　「魯俊、二寶，你們好！」小笨貓輕輕拍了拍兩隻機械貓的頭，深深地吸了一口氣，伸手拉開了舊倉庫的門。

　　一股潮熱的空氣迎面襲來，裏面混合着牛糞、牧草和奶腥味。不過小笨貓早已經習慣了。

　　兩年前，他和小伙伴們租下了這間舊倉庫，作為他們的秘密基地。因為老沐茲恪反對小笨貓玩機甲，所以大部分不用上學的時間，他都在這裏消磨。

　　小笨貓換上一套備用的工作服，將濕衣服扔進烘乾機裏，用毛巾擦乾濕漉漉的頭髮，讓心情漸漸平復下來。

　　接着，他走到倉庫的角落，拉起一扇搖搖欲墜的老式卷閘門。一道灰白色光線照進了黑洞洞的庫房裏——一台與人等高的矮胖履帶機械人，正安靜地沉睡在一堆生銹的鐵架間。

　　「小牛！昨晚睡得還好嗎？」

　　小笨貓的眼睛瞬間亮了起來。儘管他每天都能看見，

並且非常清楚，這只是個機型古舊的保姆級機械人，但仍然覺得它實在是棒極了！

小牛四號看起來像一個會直立行走的胖牛犢，被細心地噴塗上了藍色。

它頭大身子小，胖乎乎的腦袋像 20 世紀 50 年代迷你汽車的車頭，頭頂上還有一對用水管改造成的鐵犄角，眼睛是一對又大又圓的車燈，小笨貓還特地在上面裝了兩塊金屬片，看起來就像兩撇粗粗的眉毛，充滿了小男子漢的味道。而在車燈眼睛的下方，兩個橢圓形的小紅燈如同兩抹羞澀的腮紅。它的鼻子則是一個已經看不清楚紋飾的三角形徽標。

小牛的身體相對於頭部，則顯得清瘦多了。

兩隻機械臂配備了高摩擦係數材料的雙指機械爪，能夠輕鬆抓握物品。兩隻機械腳分別是由三個輪子和包裹其上的黑色合金履帶組成的，適合全地形行進。另外在它的背部位置，還有個隱藏式電池倉，裏面有六根蓄電柱，為它提供活動所需的全部能量。

火雞王座事件帶來的憂鬱，已經被小笨貓拋到九霄雲外去了。他迫不及待地從旁邊粗糙的實驗臺上，拿起笨重的金屬遙控手柄，摁下啟動按鈕。

機械人的眼睛亮起柔和的白光，顯示屏出現「動視華

威」的圖標，並且開始播放開機音樂：「一隻一隻頂呱呱……我們都是小青蛙……」之後是《拔蘿蔔》、《雪絨花》、《數鴨子》……這是小笨貓對這個機械人唯一不滿意的地方，每次啟動都得聽五分鐘兒歌，並且無法中止和篡改程序。

機械人終於慢悠悠地轉過頭，望向小笨貓，然後發出一個兒童般歡快的聲音。

「你好，沐……沐恩——我是小……小牛四號，你，你的保……保姆機械人。」

小笨貓皺着眉拍了一下它的發聲裝置——

「本機械人採……採用經典的 『極光渦輪 Ms』作為……作為動力系統，電機動力箱轉……轉數，最高可達 1.8 萬轉 / 分鐘，輸出功率 723 馬力。值得一提的是，本機械……機械人的變形系統—— 3.2 米的機甲保姆衛士和 1.6 米的機甲保姆載具，可……可自由切換……」

十分鐘後，機械人小牛四號終於停止了喋喋不休地自我介紹。小笨貓對它是有極大耐心的。

四年前，他發現小牛機械人在天網上被當作金屬垃圾論斤賣，便和小小軍團的伙伴們砸鍋賣鐵把它買了下來。四次大修之後，它終於能正常啟動了。

小笨貓作為大股東，給它取名「小牛四號」。但它還

有一大堆別稱，諸如「小牛仔」、「牛寶寶」、「寶貝牛」之類。

「小牛四號，今天感覺怎麼樣？」

小牛四號圓溜溜的眼睛望着小笨貓朝它伸過來的拳頭，過了十秒鐘，它才顫巍巍地抬起機械臂，握成拳頭，猛地撞在了小笨貓的拳頭上。

「哎喲！」小笨貓疼得甩着手大叫，「……特價機油，品質果然無法保障……」

這時，機械貓魯俊和二寶拉着一輛迷你餐車，載着一瓶熱牛奶停在了小笨貓的腳邊。小笨貓彎腰拿起來，猛灌了一口後，用手柄啟動了小牛四號的自動檢測系統。

機械人像蒸汽鍋爐般轟鳴了幾聲，終於慢悠悠地回答：「高光譜相機，運轉正常。極光渦輪 Ms 動力系統，不太正常。導航系統，接觸不良。變形系統，檢測中。雲端資料採集系統，修復完畢。」

「雲端系統，展示一下。」小笨貓準備欣賞一下自己耗費一周才完成的成果，臉上露出工程師般的微笑。

小牛四號接收到指令，頭頂緩緩亮起了一盞小白燈，一個虛擬影像投射在小笨貓的面前——

那是一張填滿紅彤彤數字的表格，竟然是沐恩期末會考淒慘的成績單！

小笨貓剛剛喝進嘴裏的一口牛奶，全都噴在了小牛四號的臉上。

「呃……最低分又破紀錄了！小牛，你怎麼會有我的成績單？！」

「雲端資料採集系統，共享您同一賬戶下的郵件與信息。這是英才學校今天早上最新發出的郵件。另外，我還整理了您的社交語音信箱。」

小牛四號的前臉上，浮現出一個大臉男孩兒的虛擬投影，小眼睛、大鼻頭、滿臉痘痘，正哇哇大叫：「笨貓！說好了線上單挑，你居然強行下線，無恥地欺負我老爸！今天下午四點，廢鐵鎮口，老地方見！不來，你就是膽小鬼！」

「叮——留言人：狂野劍豪。」小牛四號說。

「哼，這個野原輝！」小笨貓不屑地哼了一聲。

大臉男孩兒變成了一個藍短髮卡通少女的臉：「俠膽貓王，我等不及你成為銀翼聯盟的王者大神了，我們的盟友關係已解除，你儘快確認一下吧！」

「叮——留言人：銀翼聯盟盟友，天使小蘑菇。」

「不是吧……」小笨貓的心靈受到一萬點暴擊傷害，「我已經很努力了，再給我點兒時間不好嗎？」

卡通少女的臉突然變成了憤怒的爺爺沐茲恪，小笨貓

嚇了一跳。

「臭小子！馬上回來——不然我打斷你的貓腿！」

「叮——留言人：爺爺。」

「我又不傻，才不回去……」小笨貓下意識地揉了揉自己的膝蓋。

接着是駱基士警長和幾個居民，小笨貓心驚肉跳地看着一條條留言，臉色越來越慘白。情況比他預想的還要糟糕。

「還有 125 封同類型留言……」小牛四號說。

「停！不用繼續播放了！」小笨貓大叫。

小牛四號豎起兩撇金屬眉毛，身體顫抖着，發出咔咔的啟動聲。

幾分鐘後，顯示屏裏彈出這樣一段話：

「虎媽媽心理診所友情提示：根據您的成績單、口碑、情緒曲線等大數據分析，未來您有 80% 的概率會成為『自閉型宅男』，患上抑鬱症。為了您的心理健康，建議未來九年時間做如下規劃——

早上：學習。 上午：學習。

中午：學習。 下午：學習。

晚上：學習。 半夜：學習。

小笨貓難以置信地看着滿屏的「學習」二字，五官幾乎扭成了麻花。

「想把我改造成學……學習機嗎？」

「回答正確——叮咚！」

「插入指令……防未成年人沉迷網絡綠色 AI ：今日人機互動時間已到，系統 24 小時後才能再次啟動。小牛四號，預備關……關機。」小牛四號的屏幕顯示關機倒計時。

「等等！你才啟動幾分鐘？這就關機？！」小笨貓難以置信地大叫，趁小牛四號眼睛的亮光還沒有熄滅，趕緊伸出拳頭喊道，「啟動後門密鑰，老規矩，猜拳定勝負！如果我贏了，你就陪我去送牛奶掙錢！」

「叮——」小牛四號的眼睛緩緩變亮，「監測到過往勝負記錄，沐恩 365 勝，小牛四號 0 勝。本次猜拳勝負概率為……」

「別廢話了，來吧！石頭——剪刀——布！」小笨貓勝券在握，狠狠揮下了自己的拳頭，出了石頭。

小牛四號可憐巴巴地伸出只有兩指的機械爪。

「嘿嘿，你又是剪刀，我是石頭。別怪我勝之不武。」

小笨貓得意地在拳頭上呵了一口氣，「這叫作攻擊弱點，任何機甲駕駛員都必須要掌握的思維！」

小牛四號動了動眉毛，在如實地記錄了自己的第 366
次猜拳失敗的戰果後，停下了關機程序，倒計時讀數聲終
於消失了。

小笨貓鬆了一口氣，摁了幾下手柄，發出指令：「小
牛四號，準備變形載具——幫牛奶奶送牛奶，至少能抵銷
一點兒電費。」

機械人再次聲情並茂地做了一遍自我介紹。小笨貓呆
若木雞地在一旁聽完。

小牛四號終於響應指令：「變……變形！」

它的機械身體開始劇烈顫抖，用比烏龜還要緩慢的速
度，開始折疊變形。

接下來，小笨貓給小小軍團的伙伴們打了一圈電話，
又從倉庫門口搬進十多箱牛奶，換好烘乾的衣服……他不
疾不徐，再度來到小牛四號面前，朝它左邊履帶斜 45 度
精准地踹了一腳，才幫助小牛四號變成了保姆載具模式，
胖乎乎的身體看上去可愛極了。

「那幾個膽小鬼，都不接電話，一定是怕惹禍上
身！」小笨貓嘀咕着，把牛奶塞進後備廂，跳進敞篷駕駛
艙，發出指令：「目的地——落霞鎮。今天心情不好，幫
我選風景最優的路線。」

「收……收到指令……」小牛四號結結巴巴地説，

「天氣預報陰轉晴，氣溫 23 度，風力 3 級。適⋯⋯適合在 87 號沿海公路行駛。」

「出發！」小笨貓大喊道，同時戴上了防風面罩。

小牛四號發出震耳欲聾的轟鳴聲，噴出的滾滾黃煙瞬間充滿了舊倉庫。

農場外，牛奶奶和小狗嘿嘿終於趕走了吵吵嚷嚷的居民們，正準備回屋裏喝杯水，潤潤喉嚨，突然聽見舊倉庫方向傳來巨響。

她轉過頭，看見舊倉庫不停地顫抖着，就像漏氣的高壓鍋一般，從門窗、牆縫裏冒出股股黃煙。不一會兒，小牛四號像一台老得掉牙的拖拉機，慢悠悠地倒着駛了出來。

「倒車，請注意——倒車，請注意——」

「小笨貓，你可別再闖禍了啊！」牛奶奶叉着腰大喊，「送完牛奶，趕緊回去寫作業！」

「什麼——我聽不見——」小笨貓在顛簸中發出高亢的顫音，「牛奶奶——再見——」

「這個臭小子！」牛奶奶歎了口氣，「不行，我得去安慰一下老沐，他今天肯定氣壞了。」牛奶奶看了一眼走遠的小笨貓，轉身走進她那幢位於湖畔的破鐵皮寓所。

小笨貓去落霞鎮送完牛奶後，已經臨近中午了。

陽光鑽出了烏雲。通透耀眼的橙金光線，照耀在臨海 87 號公路上，將黑色的柏油路面、鉛灰色的金屬護欄，以及路旁開闊的珊瑚石沙灘、陡峭的黑岩山壁，全都鍍上了一層淡淡的金輝。

廢鐵鎮臨近太平洋暖風帶，即便是冬天也很溫暖。

小笨貓坐在小牛四號的敞篷駕駛座上，在和煦的陽光中，迎着徐徐的海風，他幻想着小牛四號和火焰菲克的機械人一樣強壯──如果是這樣，人生還真是無比完美。

小牛四號的收音系統出了點兒故障，正在播放音樂時，突然跳轉到了新聞頻道。

「星洲臨近太平洋暖風帶，受全球氣候持續變暖的影響，氣象學家預測，今年同樣是個暖冬，並將提前進入春季……」

「多米尼市智能人暴動，和平協議談判失敗……」

「最近，在由全球聞名的超科技平臺──奇異果公司──發起並贊助的『銀翼聯盟世界盃錦標賽』中，星洲著名選手火焰菲克已率領岩石城雄獅隊取得了小組出線權……」

小笨貓趕緊把音量調大，激動地豎起耳朵。

此時在公路上行駛的車輛中，或遠或近地傳來幾個狂熱機甲迷的尖叫聲：

「不敗的戰神！火焰菲克！」

「崛起吧！星洲自己的戰隊——岩石城雄獅隊！」

「火焰菲克！未來的星海騎士！雄獅 V 型在狂吼！」

小笨貓也跟着興奮起來。

其後聲音又變回到了音樂，之後是廣告，最後再次回到音樂……

幾隻海鳥從他的頭頂上方飛過，在前方路口轉了個彎兒，又撲扇着翅膀朝海邊飛去了。

小笨貓讓小牛四號在路口停了下來。路邊立滿了鏽跡斑斑的路標和警示牌，最近的一塊上面閃爍着鮮紅刺眼的燈，寫着——

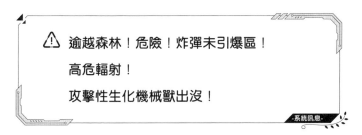

⚠ 逾越森林！危險！炸彈未引爆區！

高危輻射！

攻擊性生化機械獸出沒！

-系統訊息-

小笨貓想起自己目前已經麻煩纏身，最好別惹更多麻煩，他正準備離開時，突然從身後傳來兩個熱情的招呼聲：

「呦，笨貓！」

「也在撿垃圾啊？」

小笨貓轉過頭，看到兩個拾荒青年正在不遠處的海膽

樹下朝他揮手。他們一個高瘦一個矮胖，並排坐在兩米高的拾荒機械人的駕駛艙中，就像兩條剛從垃圾堆裏爬出來的菜青蟲一樣。

瘦高個兒青年裝着一顆玻璃假眼。矮胖青年的髮型則像火紅的雞冠。他們是鎮子裏出了名的拾荒者——古瓜和古呆兄弟，是專業的海洋垃圾收集員，靠販賣垃圾給那些沒空完成清繳垃圾任務的居民們謀生。生意好的時候，每千克垃圾可以賣到十幾星幣。

「呦！」小笨貓也沖他們大方地揮了揮手，「蘑菇破土，廢鐵開花！看起來，你們今天收穫不錯！」他挑動眉毛示意對方機械人背後裝滿海洋垃圾的鐵絲籠子。

「嘿，這算不得什麼。」古瓜咧開嘴，露出一口大黑牙，「上周從岩石城來了一羣幹考古的同行，在綠礁石礦區探到幾塊好礦，那才叫值錢！」

「可惜我們運氣不好，晃悠了幾天，不但什麼都沒找到，」古呆搖晃着雞冠頭懊惱地説，「還被電子監控發現，罰了一筆鉅款！」

「人為財死，鳥為食亡！」古瓜説，「笨貓，為了移民火星的夢想，我們不怕那些該死的監控眼！我們就怕運氣不好。」

「過幾天再來碰碰運氣吧！」古呆感歎着。

他們駕駛着機械人走遠了。

小笨貓望着逾越森林的路牌，咬着指甲思忖。

如果想在銀翼聯盟挑戰賽取得好成績，那麼將小牛四號改裝，提升戰鬥力勢在必行……而且稻草堆農場裏秘密基地的房租也該交了，另外還有水電費、材料費、流量費以及小小軍團的其他活動經費……

想到這裏，小笨貓感到一陣心煩意亂。

「我向來運氣不錯。或許應該去逾越森林找找他們所說的礦石……」

　　小笨貓感覺心裏有一隻手在撓癢癢。沒過一會兒，他下定決心，操控小牛四號，向逾越森林深處駛去。

　　與此同時，距離逾越森林 200 公里的雷鳴海灣上，白色扭蛋艙正與吸鐵石率領的智械戰機激烈戰鬥。陳嘉諾瞄准兩座山崖間極其狹窄的空隙，突然加速——扭蛋艙幾乎擦着崖壁，穿過了那處空隙。

　　兩個劇烈的爆炸聲在她身後響起，兩架智械戰機因為體形過大，撞毀在山崖上。可是吸鐵石還是緊隨其後穿過山崖，用導彈瞄準了她。

　　陳嘉諾的扭蛋艙內響起警報聲：「危險！飛船已被導彈鎖定，即將承受攻擊——5——4——3——」

　　她咬着牙把飛船的動力開到最大，敏捷地繞過最後一座山崖，出現在吸鐵石變形的蝠翼戰機左側。導彈跟隨陳嘉諾轉了一個圈，就在擊中她的一刹那，陳嘉諾朝吸鐵石發射了一顆激光炮彈。

　　巨大的爆炸聲先後響起。飛船和蝠翼戰機同時冒起了滾滾濃煙。扭蛋艙猛烈地震顫着，陳嘉諾意識模糊地摁下了緊急按鈕，人工智能發出提示語音：

　　「更改預設飛行軌道——選定軟着陸目的地，星洲廢鐵鎮逾越森林。」

第 4 幕 結束

第5幕

逾越森林探險

　　逾越森林位於廢鐵鎮南郊外的荒無人跡處。其地貌猶如一片折疊的洋甘菊，層層疊疊。因為某次遺跡發掘所造成的核輻射污染，中心位置成了廢鐵鎮居民們公認的禁地。

　　小笨貓駕駛小牛四號沿着森林外圍逡巡，沿途遇見不少前來碰運氣的拾荒者。人們各懷心事，默契地各走各的路，互不干涉，然後一個個默不作聲地隱匿在某處岩石後，

隨後就傳來一陣陣機器掘土的鏘鏘聲。

「都是些裝備齊全的地老鼠。」小笨貓鬱悶地自言自語，「如果賺到錢的話，必須給小牛四號加裝一個合金鑽頭。沒有掘地功能，實在太不方便了！算了，只能想辦法從只有園丁機械人守衛的風景區混進去了……」

他又慢吞吞地開了約莫十分鐘後，森林中漸漸出現了好幾個白色的園丁機械人。

「你好。」小笨貓說。

「請出示註冊 ID。」園丁機械人眨巴着綠色電子獨眼。小笨貓用智能終端在半空中投影出一張證件——

！ 逾越森林　海洋垃圾

拾撿許可證　E 級

-系統訊息-

下面附錄了一段老沐茲恪打呼嚕時，被小笨貓用手指撐開眼皮露出虹膜的電子影像。

小笨貓竊笑，故意搖晃着老沐茲恪虹膜的影像。

園丁機械人為了驗證數據也只得左搖右晃……終於，識別系統「嘟嘟」響了兩聲後，說：「真實有效。沐茲恪先生，請您在 E 區指定安全區域清理垃圾。祝您好運。」

　　小笨貓用通信手環接收了有星洲盾徽的電子確認證書，下載了園丁傳送的「最新安全地圖」後，駕駛着小牛四號繼續向前走。

　　太陽漸漸隱沒在灰白色的雲層中，森林裏霧濛濛的。

　　小牛四號載着小笨貓，沿着一條小路穿行在低矮的樹叢與高聳的孤岩之間。

　　「E 級區域」是逾越森林外圍的安全區，這裏的海洋垃圾，大多是幾十年前人類活動的殘留物，一些破舊碎裂的漁網、粘滿海苔的塑料板、飲料瓶，等等。

　　這天經過 E 區去風景區觀光的人似乎特別多。小笨貓想起來，今天既是假期又是周末，附近無事可做的孩子和大人似乎都趕來拾撿垃圾了。

　　刺——刺刺——

　　「學習 AI 現在啟動。小牛四號帶您參觀逾越森林。」

　　小牛四號突然説，「本軟件由海龜旅行與茶飯研讀所共同開發，寓教於樂，是您居家旅行、休閒度假的必備佳品。服務熱線請撥打……」

　　小笨貓掏出耳機堵住耳朵。

　　小牛四號每次來這裏，都要喋喋不休地介紹逾越森林，時長 20 分 37 秒。小笨貓已經聽得耳朵都長繭了。要想讓它停止，除非關機。

耳機裏響起狂野小子樂隊熱力十足的搖滾樂，小笨貓跟着搖擺起來。但這並不代表，其他人聽不見小牛四號的聲音。

「逾越森林歷史並不長，這裏有低矮的水生樹木，高大的海底山岩……它就像一位神秘深邃而又和藹風趣的老人，每天安靜地沐浴在清晨靜謐的細雨裏、午後柔軟的微風中，或是壯美迤邐的夕陽下……小說家穆尼先生曾寫

了許多歌曲和故事……從森林中的海洋垃圾推斷，在第二次火山灰戰爭結束後崛起的星洲板塊，前身是利莫里亞文明時期沉沒漂移的大陸架……熱愛這片森林的人們，叫它『逾越森林』或是『魚躍森林』。但也有人稱呼它『不可逾越之森林』……」

旁人的注意力被小牛四號的播音拉扯過來，紛紛朝小笨貓投來抱怨的目光。不過他現在沒心情在意這些。現在小笨貓滿腦子都是拾荒兄弟——也就是古瓜和古呆兄弟所說的綠礁石礦區。

他戴上了一副油乎乎的防風智能護目鏡，兩個綠色的光圈在他眼前閃爍了一下，附近的海洋垃圾上立刻顯現出文字和數字，那是這些海洋垃圾在市面上的流通價——

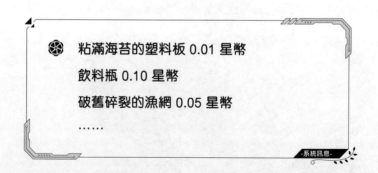

粘滿海苔的塑料板 0.01 星幣

飲料瓶 0.10 星幣

破舊碎裂的漁網 0.05 星幣

……

系統訊息

「全是垃圾中的垃圾。就算把這裏的東西全部打包帶回家，也抵不過 C 區的一塊礦石。」小笨貓忍不住撇了撇

嘴，將價目篩選範圍調整到價值「10 星幣以上」。

先前的那些標價瞬間全都消失了。

小笨貓左右張望了一下，駕駛小牛四號悄悄走到一塊半人高的岩石後面。趁無人注意，他讓小牛四號沿着一條長滿野草的隱蔽小路，穿過一片滿是髒垃圾的沼澤地，最後來到了一處空地。

「密道應該就在這裏。」

小笨貓從口袋裏掏出一枚小小的晶片，用手擦了擦上面細小的金屬連接片，説：「這是我用兩個通宵才修改完成的熱感應掃描程序。小牛四號，接下來看你的了。」説着，他將晶片插入了小牛四號的晶片凹槽中。

嘀嘀——咔——

小牛四號轟鳴起來，機身漸漸變得滾燙。小笨貓感覺自己像坐在一個大蒸籠裏。足足等了 3 分鐘，小牛四號終於斷斷續續地提示道：「新程序，已……已裝載……」

「好極了，開始熱感應掃描！」小笨貓發出指令。頓時，小牛四號的雙眼迸發出兩道紅外光，射向面前的空地。在小笨貓期待的目光中，一排閃着電花的鐵絲網立刻顯現了出來，密密麻麻的網格攀緣向上，呈圓弧形沖向天空。

這是一個直徑不小於 5 公里的半球電網，下方露出了

一個拱門形狀的破洞，它被拾荒者們戲稱為「破洞漁網」，是通過 E 區進入 C 區的秘密途徑，而綠礁石礦就在 C 區靠近中央的位置——這可是他用一個鍋鏟外加一口不粘鍋向古瓜和古呆交換來的情報。

「太棒了！成功了，就是它！」

「安全地圖顯示已經越界。危險！請立即返回！」小牛四號提醒道。

「古話説得好，不入虎穴，焉得虎子！捨不得冒險，幸運是不會來敲門的！」小笨貓活動了一下僵硬的肩膀，咧起嘴角壞笑，「老規矩，我們石頭剪刀布，公平地決定吧！」

面對只有兩根手指的小牛四號，小笨貓毫無疑問再次獲得勝利。

「367 次比拼，367 次勝利。你真的很擅長這個遊戲呢。」小牛四號懵懂地説道，小笨貓努力憋着笑。

「行了！下次我教你怎麼贏，走吧走吧！」小笨貓撸起袖子，駕駛着小牛四號鑽進了 C 區。

破洞漁網後面的世界，讓小笨貓感到無比興奮和緊張。

他重新戴上護目鏡，周圍的海洋垃圾跳出了嶄新的價格，全都是 10 星幣以上的好東西！

　　這片區域的溫度陡然下降了好幾度，光線陰暗昏沉，像是到了晚上。小牛四號眼中發出的亮光，彷彿隨時會被黑暗吞沒一般。周圍的樹木粗壯得像一堵堵高牆，寄生藤蔓像電纜般垂落，與茂盛的植被糾纏在一起，從一棵樹蔓延到另一棵樹，彷彿織就了天羅地網。

　　空氣濃郁得令人窒息，遠處不時傳來尖叫聲、悶吼聲及其他詭異的聲響。小笨貓總覺得有什麼東西在暗中觀察和凝視着自己，不由得渾身汗毛倒豎。

　　「那邊的樹皮不錯，扒下來讓爺爺做成綠色防彈衣，送給駱基士警長，可以賣個人情！」小笨貓讓小牛四號在一棵樹根比他的大腿還粗的海鐵樹邊停下，扯下一塊掀起的樹皮，裸露出來的金屬樹幹裏，竟流淌着藍色漿汁。

　　這時，他的頭頂響起一陣尖銳的咕嚕聲。

　　小笨貓警覺地抬起頭。一羣看起來像猴子的古怪生物，正在樹枝間跳躍，最後張開連着紅色肉膜的四肢，像蝙蝠一般飛落到他面前的樹枝上。它們大部分都裝着粗糙的機械義肢，身體鑲嵌着金屬片和螺絲，嘴巴像鴨嘴獸般扁平。

　　「啟動物質識……識別 AI──」小牛四號從眼裏射出白光，開始掃描。這羣古怪生物身上，呈現出一層乳白色的半透明光膜──這是「安全」的標記。

「D 類生化機械獸：鴨嘴猴。原名金絲猴。因第三次火山灰戰爭輻射變異。實驗體編號 XI-09。危險等級：低。」

鴨嘴猴們打量了一番小笨貓和小牛四號，興致寥寥地離開了。小笨貓這才發覺，就在周圍的樹幹和草葉間，有不少和鴨嘴猴一樣奇怪的動物在鬼鬼祟祟地移動，或是窺探他們。

小牛四號載着小笨貓，在滿是苔蘚的地面上繼續前行，小心翼翼地避開五彩斑斕的琉璃花朵。

「危險區域，請謹……謹慎行駛。」小牛四號結結巴巴地説，「當前信號弱，位置更新可能有延遲……右方是先鋒監測站。第三次火山灰戰爭的老戰場，輻射波動強烈，建議左拐……進入前方鐵絲蜘蛛領地，它們的蛛……蛛網比髮絲還纖細，比鋼絲還堅硬，曾發生過十六宗路人被削……削……」

「小牛四號，別説了！怪可怕的。」小笨貓下意識地摸了摸自己的脖子。

「削光了頭髮……」小牛四號堅持提醒道。

嘀嘀——刺刺——

突然，小笨貓護目鏡的信號提示燈閃爍了兩下，熄滅了，導航功能與通信功能也都統統失靈。幸運的是，小笨

貓看見半截機械臂懸掛在一根藤蔓上，指向右前方，手指尖隱約刻畫着歪歪扭扭的「礦區」符號。

這應該是和他一樣來碰運氣的人，留下的暗號。按照指引，他向右轉去。

森林越發茂密了，就像密不透風的地下隧道，一些奇怪的微光在黑暗中閃爍。大概是昆蟲或是野獸的眼睛⋯⋯

小笨貓害怕地猜想。他生怕會驚擾它們。然而小牛四號卻毫無察覺地繼續嘀咕着，雙眼的白光東搖西晃。

「生化機械昆蟲：大王蛾。」

一隻汽車大小的飛蛾，拖着細長的鏈尾從他們頭頂上掠過。小牛四號繼續提示説：「危險等級：低。實驗體編號 V-78。」接着，白光停在一架變形的老式汽車殘骸上，它被樹根盤虬纏繞，彷彿被大樹吃進肚子裏了。

「賽爾汽車，生產於宇宙曆 2054 年。掃描到彈孔，推斷於宇宙曆 2058 年被智能人擊毀。」

這時，一個人影突然出現在小笨貓眼前，定睛一看，竟然是一個殘破的機械人，被樹藤倒吊在半空中。

「豹捷型機械人，警察級。損毀程度：報廢，不可修復。」

「小牛四號，説不定可以拆幾塊有用的零件，給你補補身體。」小笨貓激動地走上前，費力地拆下機械人已經

生銹的引擎蓋，卻不小心觸碰到了引擎蓋下面的晶片存儲影像投放按鈕。

一陣令人膽寒的槍擊聲劃破了寂靜——小笨貓的周圍，竟然變成了一片炮火紛飛的荒原戰場！

二十幾個，不，更多的智能機械士兵，正舉着槍械走來。

它們都是擬人形態，通體像凝固的水銀，雙眼閃爍着詭異的紅光，粗大的機械骨骼僵硬地向前移動着。

　　一道道橙色激光交織對射，小笨貓驚恐萬狀。突然，從他的身後沖出數十個駕駛着機甲的人類戰士，幾輛重甲坦克緊隨其後。

　　一時間火光迸發，塵土飛揚，周圍的影像也開始猶如接觸不良的電視畫面般閃爍，逐漸消失了……

　　過了好一會兒小笨貓才回過神來。他驚魂未定地扭頭張望，四周仍是陰暗的逾越森林。

　　而半空中的機械人，和剛才影像中人類駕駛的機甲一模一樣。小笨貓猜想，它的主人大概在那場戰鬥中陣亡或者受傷，被同伴們帶走了，而它則被永遠地遺棄在了這裏。

　　剛才的影像，應該是它晶片內存的全息投影，記錄着它被摧毀前的最後畫面。

　　小笨貓顫巍巍地正準備離開。

　　小牛四號突然嗚嗚作響，屏幕上閃爍着鮮紅的「SOS」，發出最大音量的呼救聲：「守護未成年人AI——救命——救命——」

　　「怎麼回事？」小笨貓驚呼。

　　他低下頭，發現機械人操控手柄上的警報按鈕，不知道什麼時候被自己摁下去了！

　　森林深處，兩個閃爍紅燈的金屬球快速飛了過來。

「糟糕,是巡查森林的電子機械眼!」小笨貓趕緊關閉小牛四號的警報系統,駕駛着它一路狂奔。

他鑽過像拱門一樣的粗壯樹根,跑過一片荒莽草地,蹚過一個大水坑,直到聽不見電子機械眼的警報聲,又跑了一小會兒,才在一片林間空地停了下來。

小笨貓大口喘着粗氣,剛才急着逃跑,他根本沒注意方向。

光線陰鬱昏暗,頭頂灰雲密布。小笨貓幾乎忘了自己身在何處。

他發現空地的一處大水窪邊,有一塊十多米高的岩石,形狀就像一匹正在低頭飲水,背負着石塊炮管和彈藥箱的馱馬。

一棵海絨樹直接長在了「馬脖子」上,垂下來的濃密樹枝就像是馬的「鬃毛」,一直延伸到水窪深處。

「完了,跑到飲馬岩來了——」

小笨貓無心欣賞大自然的鬼斧神工,因為水窪邊的樹林中,一個晦暗的身影正朝他慢慢走過來,最終在小笨貓的面前站定。

這是一頭生化機械野豬!它有一輛小貨車那麼大,脖子和左邊身體已經半機械化,剩餘的也被拼接和嵌入了不少金屬部件。

　　它兇惡地咧着嘴，舌頭上淌着黏糊糊的涎液，充血的眼睛更是一動不動地瞪着小笨貓。

　　「鋼鬃瑪麗女士……下午好！」小笨貓艱難地咽了一口唾沫。

　　這頭龐然大物，其實早年並不兇惡。居民們稱呼它為「逾越森林守護者」，只要給它最愛吃的蘋果，就可以合影甚至騎在它背上。

　　但自從前年冬天，總是和它結伴而行的生化黑熊意外去世後，它的心情就不太好了，很少再與人類互動。加上站在它面前的人是小笨貓，情況只能是更糟。

　　生化野豬朝小笨貓亮出它斷裂的獠牙，小笨貓一步步後退：「聽我解釋，關於你的牙，我真的不是故意的——還有上上次撞壞的機械尾巴？沒……沒錯，我會幫你修好的。但我今天沒時間！下次吧……」

　　鋼鬃瑪麗低吼着逼近小笨貓。

　　「10公斤蘋果……」小笨貓承諾道。

　　鋼鬃瑪麗還在繼續吼叫。

　　「15公斤！沒法兒再多了……」小笨貓閉上眼睛，屏住呼吸。生化野豬已經貼近了小笨貓的臉，鼻子在他的臉龐上噴出陣陣酸臭的熱氣。

　　轟隆隆——轟隆——

　　天空中突然響起聲聲炸雷。小笨貓睜眼望去，只見樹冠後的灰白濃雲下，一顆白色巨蛋和一架黑色戰機竟然在天空中激戰！

　　它們糾纏不休，一道道藍紫光束在空中交錯。

　　一道激光落下，恰巧擊中了 C 區的危險地標——長着海絨樹的飲馬岩，石馬和大樹瞬間被炸得粉碎……

第 5 幕 結束

第6幕

天降巨蛋

　　生化野豬逃跑時，發出撕心裂肺般的哀號……

　　小笨貓感覺自己的耳朵似乎都不管用了……他一邊驚愕地看向天空，一邊下意識地打開通信手環的錄像功能，對準天空拍攝起來。

　　幾秒後，蝠翼戰機與「白蛋」在低空掠過，同時擊中對方，發出震天的巨響……

黑色蝠翼戰機就像一朵被炸散的雷雲，從半空中掉落一地烏黑的金屬碎片。殘餘的部分則像拖着尾巴的流星般，墜向海灣深處。

白蛋似乎運氣好一些，直接砸進大水窪裏了⋯⋯

當漫天的水花濺到了小笨貓的臉上，他這才意識到自己其實身處險境，眼下顯然不是拍視頻的時候——白蛋突然從水窪中彈出，朝他砸過來啦！

「媽呀！」小笨貓大叫一聲，急忙操控小牛四號躲進了森林裏。

兩米多高的白蛋在長滿厚厚苔蘚的地上跳躍，小笨貓以毫釐之差勉強躲過。白蛋緊跟着沖進森林，接連砸斷了五六根比水泥管還粗的大樹。

「真危險啊！」小笨貓操控小牛四號呈「之」字形連連後退。

還來不及慶幸，白蛋又搖晃了兩下，再度朝小笨貓跳過來。

「有完沒完了？」小笨

天上有個蛋？

啊！

貓驚呼一聲趕緊躲到一棵樹幹後面。

　　白蛋撞上樹幹，差點兒把小笨貓震飛。但白蛋並沒有停下來，它就像長了眼睛，繞過樹幹，繼續一蹦一跳地撞過來。

　　「這是什麼鬼東西？！」小笨貓驚恐萬狀，駕駛小牛四號飛快地逃。他聽見白蛋在身後追趕，一蹦一跳砸到地上，像戰鼓發出的咚咚聲。

　　「小牛四號，加大功率！啟動機載儲備戰術系統！」

　　小笨貓一邊靈活地閃避白蛋的攻擊，以免被砸成「鮮肉餅」，一邊指揮行駛中的小牛四號伸出一隻機械臂。小牛四號撿起一塊碎石，計算好路徑，朝白蛋用力扔去。砸到白蛋臉上又彈開的石塊，成功吸引了白蛋的注意力。

　　白蛋掉轉方向，朝彈飛的石塊凌空撞去。

　　小笨貓趕緊利用難得的喘息時間，點擊通信手環，撥通了警察局的緊急電話──

　　「這裏是廢鐵鎮警察局的緊急救助熱線。姓名、年齡、聯繫電話……」一個中年婦女懶洋洋地說。

　　「柯秋莎大媽！是我，沐恩！」小笨貓一邊焦急地對着手環大喊，一邊指揮小牛四號左騰右挪，躲避着白蛋，「情況十分危急！」

　　「那……也得按程序來。」

　　柯秋莎大媽漫不經心地說，「去年你就報了十七八次警。兩個月前丟了隻死老鼠，也要三番五次催我們去幫你找。」

　　「那是我研發的蓄電老鼠，設計上有重大失誤，會破壞地下電網……哎喲，我正在逃命！出大事了！有人要襲擊我！」小笨貓驚聲尖叫着，忽左忽右地跑起「之」字路線。

　　白蛋放棄追擊碎石塊，再次瞄準他，繞着彎掩殺過來。

　　「好小子，上個月鎮子裏好幾戶人家的電費都翻倍了，看來又是你搞的鬼。」柯秋莎大媽恍然大悟，拍了一下桌子。

　　小笨貓懊惱極了。

　　巨大的聲音在他背後響起，小笨貓知道白蛋差點兒砸

中了他。他趕緊轉身朝森林中掩體眾多的位置跑去。

「廢鐵鎮治安委員會，目前推出『好利多平安機械保險』，現在八折優惠。」柯秋莎大媽乾巴巴地説，「有興趣嗎？」

「柯秋莎大媽！抓緊點兒！我就快被一顆蛋砸死啦！剛才它在天上擊落了一架戰鬥機！它還有激光槍！」小笨貓尖聲慘叫，白蛋在他身後緊追不捨，只剩下三米不到的距離了。

柯秋莎大媽慢悠悠地説：「如果蛋會打仗，我家的雞就是大將軍，那我就是星洲大元帥！小笨貓，沒空聽你胡扯。再亂打電話，砸你的就不是蛋，是鐵拐杖！」

電話掛斷了。小笨貓絕望地哭喪着臉。更雪上加霜的是，一個疾步快沖後，小牛四號突然停了下來：「路線不通──重新規劃逃亡路線……路線規劃中……」

「怎麼回事？」小笨貓焦急地大喊。

小牛四號在原地來回移動，小笨貓探頭一看──完了，他臉色一片煞白，嚇得連呼吸都忘了。

小牛四號竟跑到了一處山崖邊，前方已經無路可走了！

「保……保護主人 AI ！」小牛四號顛簸了幾下，「檢測主人生命受到威脅──變形保姆衛士──保護主人！」

它大喊一聲，將正手忙腳亂的小笨貓彈離了駕駛座。

在巨大的轟鳴聲中，小牛四號開始歡快地播放音樂，介紹起自己的變形系統來：「您好，我是您的保⋯⋯保姆機械人，小牛四號。本機⋯⋯機械人的變形系統，由極光公司設⋯⋯設計。可在 3.2 米的機甲保姆衛⋯⋯衛士，和 1.6 米的機甲保姆載⋯⋯載具間，自如切換⋯⋯」

「小牛四號，現在可不是變身的時候——你⋯⋯你可不是這只白蛋的對手！」小笨貓尖叫着，試圖通過遙控手柄控制小牛四號，「快變回載具，快變回來！」

「咦，怎麼不聽使喚？」小笨貓幾乎要把遙控手柄摁變形了，小牛四號仍不為所動，快快樂樂地，緩慢地變身。

「該死，為什麼偏偏這種時候出故障了！」為等待小牛四號變形結束，小笨貓不得不繞着它轉圈。

幸虧白蛋卡在了一處樹叢中，正在劇烈地掙扎⋯⋯比一個世紀還要漫長的 14 秒過後，小牛四號終於從載具模式變形成了保姆衛士。

「保護主人——蠻牛系統啟動！」小牛四號的金屬眉末端翹起，排氣管裏噴出一連串熱氣，嗆得小笨貓直咳嗽。

「這是什麼奇怪的系統，我沒有安裝過吧？」小笨貓狐疑地問，只見小牛四號揮舞着兩隻機械臂，朝着追趕過

來的白蛋，惡狠狠地撞了上去。

「不不不，別傷害我的小牛四號！」

小笨貓試圖擋在小牛四號和白蛋中間，卻沒想到，小牛四號伸出機械臂，一把推開了小笨貓。

小笨貓四仰八叉地摔倒在地，衣服上的爆炸貓徽章也飛了出去，胳膊和屁股火燒火燎地疼。他還沒來得及站起來，就聽見砰的一聲巨響，各種金屬片和零件漫天飛散。小笨貓驚魂失魄地轉過頭，發現小牛四號和白蛋已經撞在了一起。

為了不讓小笨貓受傷，小牛四號拼命轉動履帶，抵抗沖擊力，而它左邊身體的引擎蓋、機械臂以及履帶全都被撞毀了，裸露出大堆的殘缺結構和電線……

十秒鐘後，白蛋終於停了下來，重重砸在地上，像被煮熟的雞蛋一樣冒着熱氣。「小牛四號！」小笨貓悲痛欲絕。

小牛四號歪倒在地上，受到撞擊的金屬眉彎了起來，反而顯得它似乎在為保護了主人而驕傲，只是音響裏發出的卻是混亂的聲音。

「您好，我是……逾越森林美麗而神秘……雪絨花，雪絨花……小笨貓！你給我……學習 AI 讓您遨遊在……小兔子乖乖……」顯然，小牛的控制系統接近崩潰了。

　　小笨貓怒氣沖天，一瞬間竟然忘記白蛋可能會要了他的命。他爬過去惡狠狠地踹了白蛋兩腳，破口大罵：「還我的小牛四號！可惡！我差點兒被你害死！」

　　砰——白蛋突然彈開一個直徑一米多的圓形金屬蓋。

　　這又是什麼情況？小笨貓嚇得跟蹌着後退了幾步。

　　死一般的沉寂持續了兩三秒，小笨貓死死地盯着那個黑漆漆的圓洞。他聽見一陣機械軸承伸縮的咔嚓聲。

　　突然，一顆圓滾滾的白球，從黑漆漆的蛋艙內部擠了出來，在草地上彈跳着，伸出了又短又胖的雙手和雙腳，然後是一顆圓滾滾的頭。最後，它臉朝下撲在了草堆裏。

　　「你是誰？你……你想幹……幹什麼？」小笨貓結結巴巴地問。可是白球似乎失去了意識。

　　小笨貓遠遠地觀察着白球——它看起來是用某種特殊凝膠製成的大氣球。它顯然不是人類，外形也不像邪惡智械……難道是特殊用途的機械人？小笨貓瞥了一眼旁邊的白蛋，斷定不管它是什麼來歷，都肯定不是好東西。

　　唰——氣球毫無預兆地站了起來，成了人形。小笨貓下意識地做了個防禦姿勢。

　　「氣球人」比小笨貓高出兩個頭，像輪胎般的膠質身體裏，間或閃爍着古怪的紅光，一行刺眼的紅色投影文字，圍成一個光圈在它頭頂上旋轉——

啟動警戒模式——消滅異常——

一秒鐘後，氣球人開始機械而冷漠地轉動它胖乎乎的頭，一雙電子眼緊緊盯着小笨貓，上下打量。

小笨貓感到情況似乎不妙。果然，氣球人抬起它的胖手，從掌心中央的金屬圓孔裏，射出一道橙色的激光！小笨貓感到一股熱流擦過髮絲，隨之身後一棵大樹的樹幹上陡然出現一個大洞，嘶嘶地冒着黑煙。

小笨貓驚愕地張大嘴，眼球快從眼眶中瞪出來了。

氣球人像填裝彈藥般放下手臂，並再次舉了起來。小笨貓下意識地撲倒在草地上。

接連兩道激光連續命中了剛才那棵大樹，十餘米高的樹幹搖晃幾秒後，攔腰斷裂，轟然倒地。小笨貓感覺嗓子眼裏也彷彿被激光槍洞穿了似的，明明想大喊，卻發不出任何聲音。

「保護主人……保護主人……逾越森林四季如春……一閃一閃亮晶晶……」小牛四號仍處於失控狀態，但卻顫抖着想要站起來。

小笨貓掙扎着要不要再次逃跑，其實他也明白這毫無意義，但總比等死好！正當他準備拼死一搏時，發現小牛

四號的遙控手柄就在旁邊的草地上。

小笨貓一個虎撲，抓起手柄，操控小牛四號轉過身，將它最後那只健全的機械臂瞄準氣球人，摁下按鈕。

就在氣球人準備發射下一道激光的瞬間，小牛四號的機械臂彈射而出，正中氣球人的頭部。

> 🚗 **主體意識失去連接——正在恢復連接——請稍候。**

氣球人頭頂上的投影文字改變了。

「請稍候？我還等着你來打我嗎？！」小笨貓大叫着，瘋狂地將地上的石頭、金屬片、樹枝……所有他能撿到的東西，用盡全力朝氣球人砸過去！

氣球人被砸得連連後退。

小笨貓處於極度驚恐中，他高高舉起小牛四號壞掉的履帶，不顧一切地扔過去。氣球人被撞飛，彈到了半空中，又不偏不倚地砸在了白蛋上，最後跌落在草叢裏，不再有動靜了。

小笨貓驚魂未定地躲在一棵大樹後，喘着粗氣，等了好幾分鐘，見氣球人始終沒有站起來，這才小心翼翼地走上前，壯起膽子探頭觀察。

氣球人似乎關機了，眼裏的紅光已經熄滅，頭頂的投影文字也不見了，它癱在那兒，像一塊軟綿綿的白色氣墊。

小笨貓撿起一根樹枝，重重地戳了戳它的腦袋，見仍然沒有反應後，終於長長地鬆了一口氣。

筋疲力盡的小笨貓仰面躺在草地上，一滴滴雨水從樹葉的空隙間滴落到小笨貓的臉上。

小牛四號就在他旁邊，有心要幫他擋雨，但卻沒有了手臂，眼底的白光忽明忽暗地閃爍着。小笨貓睜開眼，疲倦地坐起身，心情沮喪極了。

今天不但沒有撿到礦石，小牛四號還損壞了，好在自

己撿回了一條小命。

　　他找出護目鏡，哀怨地看向不遠處的白蛋，眼前白蛋的標價竟然是三個問號！

　　小笨貓好奇地圍着白蛋轉來轉去。雖然他沒見過什麼世面，但畢竟是在爺爺沐茲恪的廢鐵堆裏長大的。很快他就辨認出，這顆白蛋的金屬材料很不一般，這就意味着──能賣不少錢！

　　就算是當廢品論斤賣，也能彌補今天的損失吧！

　　小笨貓陰雲密布的臉稍稍亮堂了一些。

　　他又看向癱在一旁的氣球人，積極盤算了起來：這個怪傢伙也並非一無是處，雖然是橡膠做的，但好歹也是個

　　機械人……説不定能賣個大價錢。如果回去的路上，再撿點兒高質量的海洋垃圾……小牛四號的修理費就有指望了。

　　想到這裏，小笨貓的心情輕鬆了不少。

　　他從地上爬起來，撿來一根長長的藤條，一頭綁在小牛四號的身後，另一頭將白蛋和氣球人捆綁在一起。

　　查看了小牛四號儲存的地圖之後，小笨貓發現自己處于 C 區和 A 區的交界處，恰好附近有一條小路，可以離開森林。

　　設定好路線後，小笨貓臨時加固了一下小牛四號剩下

的半邊履帶，順手撿起掉落的爆炸貓徽章。在陰沉的光線中，小笨貓拉着半自動的小牛四號，拖着白蛋和氣球人，跌跌撞撞地朝逾越森林外面走去。

而小笨貓完全沒有注意到的是——

另一枚一模一樣的爆炸貓徽章，此時正和幾隻燒焦了的黑金甲蟲散落在一起，在草叢中閃爍着暗淡的微光。

第 6 幕 結束

小小軍團

　　天色黑透了，月亮在薄薄的流雲中時隱時現。

　　小笨貓一路拉着損毀的小牛四號往鎮子飛奔。直到看見廢鐵鎮的標識牌——一架破舊的 P45 躍遷戰機的鐵皮雕塑時，他才放慢了腳步，如釋重負地鬆了一口氣。

　　此時，小鎮已亮起了燈，一盞盞在半山腰上綻放着。

　　小笨貓喘着粗氣，拖着少了半邊履帶的小牛四號，以

及白蛋和氣球人繼續向前走去。

「辛苦了，小牛四號。」小笨貓疲憊地說，「再堅持一下，我們就到家了。」

小笨貓控制手柄，小牛四號艱難地轉了個彎，沿着一道泥濘的斜坡，朝稻草堆農場走去。

「還好牛奶奶喜歡早睡。」

小笨貓來到舊倉庫前，推開漏風的門，剛剛亮起燈，兩隻機械貓魯俊和二寶便叫喚着迎了上來，他趕緊低聲喝止：「別叫，是我！當心吵醒奶牛湯姆士。」

機械貓們退回到角落，好奇地看着小笨貓操縱手柄把快散架的小牛四號艱難地駛進舊倉庫。

突然，小牛四號發出一聲巨大的轟鳴，幾乎要把整個倉庫都給震塌了！

哞嗯——奶牛湯姆士大叫起來。

隨之更大的吼聲傳來：「小笨貓！你給我安分點兒！」牛奶奶尖利的女高音在黑夜裏傳出好遠。

「加油，小牛四號，還差一點兒，往前，再往前，棒極了！」

咔——咔嚓——

小牛四號終於掛靠在了倉庫中央的幾根鋼鐵支架上。它殘破不堪的身體冒着刺刺的電流和火花。它斷斷續續地

説道：「沐⋯⋯沐恩，小牛四號很⋯⋯很高興陪⋯⋯陪伴您度⋯⋯度過愉快的一天。祝⋯⋯祝您晚⋯⋯晚安。明⋯⋯明天見⋯⋯」

「晚安，小牛四號！」小笨貓歎了口氣。

小牛四號眼底的光熄滅了，轟鳴聲漸漸停止，像一堆廢鐵靜靜地矗在倉庫裏。小笨貓用盡最後一點兒力氣，將白蛋和氣球人卸下來，捆在倉庫的角落裏。望着面前把小牛四號砸壞的罪魁禍首，小笨貓氣憤地將白蛋當作沙袋一頓猛捶，但沒過幾分鐘，自己也精疲力竭地倒在了草垛上。

小笨貓扭頭看着傷痕累累的小牛四號，難過地説：「放心吧，小牛四號，我一定會把你修好的！」

嘀嘀──

這時，小笨貓的通信手環響了起來，他摁下接聽鍵，一個男孩兒的全息投影出現在他眼前──是小火柴馬達。

他激動地説：「貓哥，我和喬拉都在彭嘭家看銀翼聯盟明星邀請賽！你來嗎？彭嘭叫你帶上幾瓶牛奶！」

「明明只是想喝牛奶，自己來拿！」小笨貓生氣地揮手抹掉了馬達的全息影像，轉身走出了倉庫。

他在夜風中打了個哆嗦，感到四肢僵硬，渾身又酸又疼。他沿着室外爬梯爬上了屋頂，找了一塊鋪着乾草的地

方仰面躺下，長長地舒了一口氣。

這一天實在太漫長了。

小笨貓慌亂的情緒和急速流淌的血液，都在清冷的夜風中漸漸平復了下來。

被雨水洗滌過的夜空清澈、浩瀚，羣星璀璨。

小笨貓雙擊通信手環上的播放按鈕，調整好角度之後，一片全息投影在他面前的夜空中若隱若現，激動的吶喊和尖叫聲在空曠的農場上空迴響，漫天星辰彷彿賽場的指明燈，在不停閃爍着。

「這裏是正在直播的銀翼聯盟明星邀請賽，備受關注的星洲區代表火焰菲克今天陷入了苦戰，他是否能順利晉級？」

「菲克——菲克——岩石城雄獅隊！加油！」

小笨貓將頭枕在胳膊上。

星空之下，火焰菲克操控着雄獅 V 號，披荊斬棘，一路向前。小笨貓離影像明明很近，卻又飄忽得像一個遙遠的夢。

「不好！火焰菲克陷入了敵人的包圍圈！」

「敵方機甲四面夾擊！隊友們傷殘過半，他還有能力絕地反擊嗎？」小笨貓的耳畔響起主持人金力激動的呼喊聲，「現在進入廣告時間，精彩稍後繼續！」

影像流轉。一般巨大的飛船飛向天際：「早春洲際旅行航線，現已開放購票通道，早購早優惠，隨心遊世界！」

「星洲外面的世界，究竟是什麼樣子呢？」小笨貓看着廣告喃喃自語。

遠在星洲之外，存在着無數讓他憧憬的地方──傳說中的海底智能人帝國、墜毀在北極的虛空戰艦、媽媽所在的新京海市⋯⋯可能的話，他還想帶上小牛四號，搭乘星舟飛船，去銀河系各大星球遊歷一番⋯⋯

小笨貓本想等廣告結束後，繼續幫偶像助威，可眼皮卻像灌了鉛一般沉重，視線和意識漸漸變得模糊，沒過多久便沉沉睡去了。晚風拂過他起伏的胸口，將他的愁緒帶往了靜謐的夜空⋯⋯

「起來！快起來！」

不知道過了多久，小笨貓迷迷糊糊地醒了過來。天光已經大亮，灰白色的光暈刺得他眼睛生疼。

「小笨貓，説了多少次，別在屋頂上過夜！」牛奶奶在屋頂下大叫，小狗嘿嘿也在一旁狂吠給她助威。

「快去，奶牛湯姆士一家的音樂時間到了，給它做個按摩。另外檢修一下雞圈的供水和餵食。割草機械人會給你送早飯。準時給鎮上客戶送牛奶。記住，勤奮是解決一

切問題的根本！」

「好的……我這就去。」小笨貓鬱悶地抓了抓像雜草般蓬亂的頭髮，突然想起什麼，他趕緊打開手環，看了一眼星洲頭條新聞——火焰菲克率領岩石城雄獅隊，驚險獲勝！

「太棒了！」小笨貓手舞足蹈，頓時瞌睡全沒了。他順着梯子爬下屋頂。

「真不讓人省心！一寸光陰一寸金！拿着！」牛奶奶塞給他一個裝滿飼料的鐵皮筒，轉身嘟囔着走遠了。

小狗嘿嘿沖小笨貓大聲號叫，就像是一條催命狗。小笨貓被吵得有些惱火，抓起一把飼料便朝嘿嘿扔過去。嘿嘿夾着尾巴逃走了。

小笨貓將鐵桶扔到一旁，在衣服上蹭了一下髒兮兮的手：「我不是來幹活的，我有我要實現的夢！」

「貓哥！你果然在這裏！」

小笨貓轉過身去，只見農場門口，三個男孩兒正局促地擠在一輛粉色浮空摩托上，晃晃悠悠地朝小笨貓駛來。那輛可憐的小摩托因為超載而行駛得格外緩慢，車身上印着醒目的標識——「箭魚快送，直達 10 環」。

浮空摩托不太穩當地停靠在奶牛棚旁邊，三個和小笨貓年齡相仿的少年陸續從摩托上跳了下來。

「你們，來得可真早。」小笨貓抱着胳膊說。

「笨貓，好兄弟，講義氣。昨晚讓你來看比賽，可你呢，竟然把幾瓶牛奶看得比兄弟感情更重要！」彭嘭嚼着煎餅，邁着逍遙步走過來。

小笨貓眼疾手快，一把抓過彭嘭手中的煎餅，將裹在麵餅裏的香腸刺溜一聲吸進嘴裏，動作快准狠。

「臭貓！你給我吐出來！」彭嘭氣得頭頂冒煙。

「香腸味道不錯，麵餅還給你。作為小小軍團的後輩，不敬老尊賢。這是我對你的懲罰！還有，彭嘭，你又

長胖了。」

彭嘭哆嗦着接過麵餅，說不出話來。

「貓哥，看我們給你帶了什麼好東西？」喬拉將一張水晶閃卡扔給小笨貓。他神情狡黠的臉上，幾點雀斑越發明顯了。

小笨貓嚥下香腸，敏捷地接住了朝自己飛來的水晶閃卡，裏面浮現着自動合成的小小軍團成員與火焰菲克的虛擬合影。

「什麼運氣，你竟然抽到了雄獅隊的紀念合影！」

「就知道你昨天肯定忙到睡着了，參加不了最後的彈幕抽獎。」喬拉在小笨貓身邊坐下，微笑着挑了挑眉，「為了這個，我把彭嘭家的彈幕機器都刷壞了！」

「還是你最懂我！」小笨貓和喬拉默契地碰拳，喬拉高揚着滿是雀斑的臉頰，一臉得意。

「馬達呢？剛才還在這兒。」小笨貓左右看了看問道。

「我……我來了！」馬達戰戰兢兢地從奶牛棚裏鑽出來。他的個頭兒最小，可是頭卻尤其大，再加上一副能遮擋住半張臉的黑框眼鏡，讓他看起來像一個膽小的外星人。

「我擔心被開罰單，重新把閃電魚丸號停好了……」

「謝啦，馬達！」喬拉沖馬達豎起大拇指。

那輛粉色的浮空摩托閃電魚丸號，是喬拉家快遞公司「箭魚快送」的王牌坐騎。

「對了……貓哥，昨天你在天上衝浪的事……鎮子裏的損失已經統計出來了……警察局讓我爸一早就將賬單送去了古物天閣……」馬達小心翼翼地低聲說，「你爺爺說，要打斷你的貓腿，還要打腫你的貓屁股，讓你這輩子都趴着吃飯……另外還有居民們的精神損失費、誤工費的催繳單……」

「行了！」小笨貓的臉色越來越慘白，「我都知道了。」

喬拉強撐着笑臉，拍了拍小笨貓的肩膀安慰道：「沒關系，貓哥。老規矩，躲一陣子，事情總會過去的。等改裝好小牛四號，我們讓他們刮目相看！」

「沒錯，昨晚看完比賽，我就一直熱血沸騰。今天一醒就過來看牛寶寶。我的牛寶寶呢？」彭嘭接過話，兩眼發光地看向小笨貓。

「呃……」小笨貓說話吞吞吐吐，「兄弟們，你們聽我說，昨天我和小牛四號，去了一趟逾越森林……發生了一點兒小小的意外，真的只有那麼一丁點兒……」

「什麼？！」彭嘭、喬拉和馬達，一臉驚訝。

「昨天才説過，牛寶寶沒改裝好之前，你別亂動！」彭嗙氣呼呼地繼續説，「走，我們進去看看！」

伙伴們合力拉開了倉庫大門，所有人的目光，全都落在了沉睡的小牛四號身上。曾經被打磨得閃亮的機械身軀上，此刻沾滿了淤泥，加上受到強烈撞擊，到處坑坑窪窪的，下巴和前胸已經完全破損變形了！

三個伙伴愣了兩秒鐘後，大聲哀號着沖了進去。

「小牛四號！」喬拉的尖叫聲帶着顫音，一頭亂髮被他揉成了一團毛線球。

「我的牛寶寶！一晚上不見，你怎麼就變成喪家犬了？」

彭嗙痛心疾首地抱着小牛四號，上下摩挲。

「比上次壞得更加厲害，修理費恐怕需要好幾千星幣吧⋯⋯」馬達絕望地拎起小牛四號剩下的半截機械臂，一臉沮喪。

「你們先聽我解釋。昨天我可是死裏逃生！」小笨貓無可奈何地説，「那個肇事的死胖子，就在那裏。」

他指了指倉庫的角落。氣球人正靠着白蛋坐在地上，看上去就像一個廢舊的玩偶。

「笨貓！想打架嗎？」彭嗙陰沉地大叫，「胖子也是有尊嚴的！不許説死胖子！」

小笨貓聳了聳肩膀，算是道歉。

喬拉努力克制情緒，問：「貓哥，到底發生了什麼？」

小笨貓長吸一口氣，手舞足蹈、繪聲繪色地將他和小牛四號在逾越森林中的遭遇描述了一遍。

小小軍團的伙伴們就像在聽蹩腳的評書，滿臉狐疑。「也就是說，要不是你臨危不懼，就差點兒犧牲了？」喬拉試探地問道。

「沒錯，就是這樣。」小笨貓拍着胸口，仍然心有餘悸。

「貓有9條命，壞蛋一般都很難死。」彭嘭拍了拍額頭，幽幽地憋出這麼一句。

「喂，你什麼意思？」小笨貓斜睨着彭嘭問。

「反正小牛修不好了，我的心碎了……」彭嘭回答。

就在小小軍團為了小牛四號爭吵不休之時，沒有人察覺到，掛在小笨貓外套上的那枚爆炸貓徽章，正在悄悄地發生變化。

它就像被融化了一般，解體成了幾十隻黑色金屬小甲蟲，趁着小小軍團不注意，成羣結隊地順着小笨貓的外套和褲腿往下爬。最末尾的兩隻，被小笨貓踩了個正着。但神奇的是，當小笨貓抬起腳，它們竟沒有一點兒損傷，飛快地溜進了角落處的黑暗中。

那裏有一個舊的機械模型，是一隻巴掌大小的機械蠍子，上面落滿了灰塵。密密麻麻的黑金甲蟲爬上了機械蠍子的身體，發出一陣啃噬金屬的咔嚓聲。當機械蠍子被完全蠶食，黑金甲蟲羣如同湧動的黑色暗流，飛快地連接，又組合成了機械蠍子的模樣。

它的機械雙眼在黑暗中亮起了紅光，在眼前虛擬屏上，閃爍着三行細小的紅色文字——

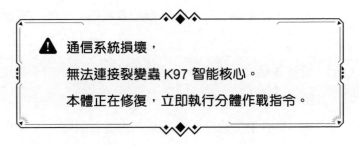

⚠ 通信系統損壞，

無法連接裂變蟲 K97 智能核心。

本體正在修復，立即執行分體作戰指令。

機械蠍子轉動眼球，開始掃描周圍的環境。

它不屑地從吵吵鬧鬧的男孩兒們身上一掃而過，快速掠過小牛四號。當它掃描至氣球人和白蛋時，機械蠍子的視線突然鎖定——

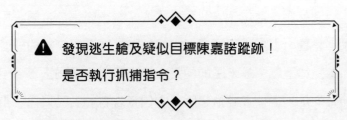

⚠ 發現逃生艙及疑似目標陳嘉諾蹤跡！

是否執行抓捕指令？

機械蠍子發出急促的咔嗒聲。

就在此時，一架墨綠色的雙足智能割草機械人邁着笨重的腳步從舊倉庫門口經過。它的機械臂是一把碩大的除草剪刀。剪刀手的託盤上，穩穩地盛放着一大壺熱牛奶，還有幾塊烤得噴香的麵包。

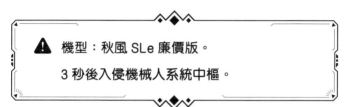

機械蠍子的虛擬屏上顯示出智能系統的預置指令。它高高地抬起金屬尾巴，飛快後退，隱沒到舊倉庫角落的黑暗中。一旁的男孩兒們激烈爭吵、辯論了一番後，最終決定一致對外。

「它看起來是橡膠做的。」馬達半蹲在氣球人旁邊，用手指戳了戳它的臉，「小牛四號……連它都打不過嗎？」

「肯定是小笨貓在胡吹！」彭嘭像頭發怒的大象，衝到了氣球人旁邊，「看着，我現在就把它戳爆！」他從地上撿起一根木棍，用力敲打氣球人的頭。

氣球人的眼睛突然亮了，身體接縫處閃爍三下紅光後，倏地站起身來。

小笨貓驚愕地瞪大眼睛，張大的嘴卻發不出任何聲音。逾越森林中，氣球人發射激光的模樣，他歷歷在目。

這個機械人不是已經壞了嗎？怎麼又能啟動了？

氣球人機械地轉動着脖子，冷冷地掃視了一圈倉庫的環境和周圍的人，最終將視線鎖定在彭嗙的身上，並朝他逼近了兩步。

「檢測到潛在威脅，切換自主操控系統。」氣球人發出一聲低沉的智能語音。

「怎麼，以為比我高就了不起？看我來給你放放氣！」彭嗙用木棍朝氣球人彈性十足的肚子戳去。不料木棍被反彈，重重砸在了他的腦門兒上。彭嗙捂着鼓出一個大包的額頭，嗷嗷直叫。

「這傢伙看上去像玩偶機械人。模樣還行，個性卻不招人喜歡。」喬拉好奇地在氣球人眼前打了兩個響指，然後嘗試着去扣住它的胳膊。

「別碰它！危險！」小笨貓厲聲阻止。

劈啪一聲脆響，喬拉的身體不停地抖動着，頭髮全都豎了起來，兩眼翻白，像是被電暈了。

「它……它在漏電？！」馬達驚慌地縮到角落裏。

情急之下，小笨貓從地上撿起兩團風乾了的牛糞，朝氣球人用力砸過去。

啪啦——噗！雖然牛糞不幸反彈到了彭嗙大吃一驚的臉上，但成功分散了氣球人的注意力。被鬆開的喬拉像紙

片一般，軟綿綿地癱倒在地上。

「我就不信降服不了你！」氣瘋了的彭嘭撿了一根更大的木棍，用力敲在氣球人的肩膀上。這一次，他連人帶棍一起被彈飛了，摔倒在倉庫的大門口。

氣球人頭頂忽然出現兩行紅色的全息文字——

> 🚗 檢測到高威脅——
> 啟動防衛模式——消滅異常——

它抬起一隻手臂瞄準倉庫門口。

「彭嘭！」小笨貓渾身血液都快凝固了，他不顧一切飛奔過去，一把推開氣球人的手臂，一顆金屬小球射進了倉庫牆壁裏，從彈孔中源源不斷地向外噴射着白煙。

「這是⋯⋯催淚彈嗎？」小笨貓感覺自己像吃了整碗芥末似的，七魂六魄都在天上飛，眼淚鼻涕不停地往外湧。

小小軍團狼狽地從倉庫裏逃了出來。令他們吃驚的是，農場的割草機械人，此時正站在舊倉庫門外，堵住了去路。

「剪除——剪除——剪除雜草——」割草機械人一邊發出警報，一邊高高舉起鋒利的除草剪刀，朝小小軍團所

在的方向攻擊過來。

馬達一時來不及躲避，頭上幾條辮子被剪刀剪斷掉落在地上。

「哎喲，這傢伙瘋了嗎？我們可不是雜草！」馬達失聲尖叫道。

割草機械人一步一步朝他們逼近。男孩兒們驚恐地大叫着，轉身往回跑。就在他們眼前，氣球人卻從濃煙滾滾的倉庫中緩步走了出來，並再次朝男孩兒們抬起了手臂。

這一次，小笨貓清楚地看見了氣球人手掌中央閃爍的激光。

男孩兒們絕望得幾乎要無法呼吸了。

「臥倒。」氣球人語氣冰冷地説。

小小軍團的男孩兒們趕緊抱着頭趴了下來。一聲炸響後，一道激光從他們頭頂掠過，射向割草機械人。

割草機械人抬起左機械臂，想要擋住激光，然而機械臂的強度有限，砰的一聲，連同半邊肩膀都被擊毀，掉落在了地上。但是割草機械人不退反進，拖着殘軀，繼續揮舞手中的剪刀殺過來，瘋狂地刺向氣球人。

氣球人雖然看起來呆萌，此刻卻左躲右閃，猶如動作明星一般靈巧。然而，這場混戰卻不小心殃及到了周圍——割草機械人殘破的利剪，將堆放在牛奶棚邊的牧草

堆剪得七零八落，牛糞堆、路過的老母雞被它撞得滿天飛。

一架矮小的除蟲機械人恰好從旁經過，割草機械人毫不猶豫將它攔腰剪斷，半截身體滾落到了小笨貓的腳邊。

小小軍團的男孩兒們在漫天草屑中驚聲尖叫。

小笨貓慌忙溜回舊倉庫，翻出割草機械人的遙控手柄，回到伙伴們身邊，拼命摁着手柄上的停機按鈕，想要將割草機械人關閉。可操作竟毫無用處——割草機械人完全失控了！更令小笨貓感到意外的是，他似乎激怒了割草機械人，它轉而朝小小軍團的方向攻擊過來。

「啊——」男孩兒們大聲慘叫，聲音幾乎扭曲變形。

「躲避。」氣球人眼疾手快，將男孩兒們推進旁邊的奶牛棚裏，但它因此而暴露出的後背，卻被銳利的剪刀狠狠地刺中了。

小笨貓和伙伴們跌坐在奶牛棚黏糊糊的草堆上，擔心地看着一動不動的氣球人。令他們吃驚的是，氣球人的身體不但彈性十足，而且超乎想像的堅韌——尖銳的刀鋒只不過讓它的後背凹陷了下去，卻絲毫無損。

「提高護衞等級——發射高能激光彈。」氣球人又發出一聲智能語音。

它雙眼變得潮紅，轉身抬起手臂，接連不斷地朝割草

機械人發射出一顆顆激光彈。

在沉悶的炸裂聲中，割草機械人被連續命中，機械身軀當場變得支離破碎，成了一堆廢銅爛鐵，散落在地上，冒出滾滾濃煙，再無聲響。

黑色金屬蠍子在濃煙中鑽出了割草機械人破碎的軀體，朝着奶牛棚外飛快爬去。而奶牛棚的門口，小笨貓和伙伴們正驚恐地愣在那裏，大口喘着粗氣。

「剛才……究竟發生了什麼……」馬達的聲音帶着哭腔，被剪斷的幾縷髮絲，亂糟糟地散落在他的臉頰上。

「究竟是割草機械人瘋了，還是那個氣球人瘋了呢……」彭嗙的聲音和他臉上的肥肉一起顫抖。

「我看，是它們把我們逼瘋了……」喬拉試着直起身子，雙腿卻邁不開步，止不住地抖動。

「剛才，是氣球人救了我們嗎……」小笨貓喃喃地說。

嘀嘀！嘀嘀！清脆的電子音突然響起。

男孩兒們被嚇得失聲尖叫，定睛一看，原來是氣球人的頭頂上浮現出了兩行全息文字——

> 主體腦細胞受到損傷。
>
> 需要及時補充營養液。

氣球人轉身看向男孩兒們，黑色顯示屏上，電子眼恢復成了平靜的綠色。

「請勿觸碰扭蛋艙。我會很快回來。」氣球人説完便快步朝農場外走去。

「等等！」小笨貓正想追出去，三個男孩兒卻死死地抓住了他。

「貓哥！」喬拉面無血色地説，「別……別追，那玩意兒太危險！」

「它……它有槍！」馬達戰戰兢兢地説。

彭嘭也一陣害怕，此刻心裏正打鼓，上下牙牀直打架：「笨……笨貓，要不，報……報警吧？」

小笨貓慌忙到處尋找自己的通信手環，最後發現居然連同爆炸貓徽章，一起掉落在了馬達的腳邊。他趕緊撿起來，撥通了警察局的電話，剛發出一個音，電話裏便響起柯秋莎大媽捏着嗓子的尖細聲音：「您所撥打的電話，暫時無法接通，請不要再撥。」

咔嚓——電話掛斷了。

「可惡。」小笨貓氣惱地抱怨。

小狗嘿嘿的狂吠以及牛奶奶怒氣沖天的咆哮聲從遠處傳來。

「小笨貓！又搞什麼鬼？哎喲，我的割草機械人啊……」

小笨貓和男孩兒們看到牛奶奶氣急敗壞地衝過來，感到渾身一陣發涼。

「不把罪魁禍首抓回來的話，恐怕……」喬拉陰沉着臉説。男孩兒們全都沉默了。

「走，我們跟上去。」小笨貓果斷地做出決定。

第 7 幕 結束

神秘的氣球人

男孩兒們從農場一路追到鎮口，氣球人已杳無蹤跡了。

時間接近正午，街面上人流稀疏。霧濛濛的陽光，灑落在街道兩側破舊的屋頂上，以及爬滿了青苔的生 管道和斑駁牆面上。街角盡頭，經歷一夜繁麗的電子廣告牌已然暗淡。

今天的小鎮，格外寧靜。

小笨貓和伙伴們在街市上焦急地四下張望，不敢放過任何線索。就連半空中搖晃的灰色電纜，抑或是晾曬在圓拱窗前的舊棉被、白褲衩兒，他們都會瞧上一眼。

路邊鐵手架搭起的雜貨攤旁，嵌着金牙的黑瘦中年老板李察，正悠閒地陪一個機械人玩全息投影的飛鏢遊戲。

男孩兒們躡手躡腳經過時，李察突然大叫一聲：「是邪惡智械！發射！」男孩兒們嚇了一大跳。彭嘭和馬達更是匍匐在路邊瑟瑟發抖。

「快看！」小笨貓聽到一個女孩兒的叫聲，慌忙回過頭。

只見幾個青年男女，正擠在一間叫作「全影造型設計」的新開門店內。一個女孩兒撩開幕布，走進試衣間模樣的機器裏。緊接着她的髮型、服裝、臉上的妝容瞬間就改變了。

「新京海市今年最流行的款式！」女孩兒自豪地說。

此後小小軍團的伙伴們接連造訪了賣機械人零件的「全都有五金店」、下載全息電影的「海賊影音」、擺滿奇怪造型的 3D 家具打印店，以及櫥窗裏掛滿型號各異仿真機械義肢的機械人拼裝店⋯⋯

正當大家垂頭喪氣想要放棄時，馬達突然一聲驚呼：

「它在那兒——」

　　小笨貓順着馬達手指的方向看去，只見氣球人像只遷徙的企鵝，搖搖擺擺地穿過人流，朝魚罐街阿姆便利店的方向走去了。路過的行人紛紛朝它投以好奇的目光。

　　「注意⋯⋯那傢伙有激光槍，我們跟着就行。」小笨貓咽下一口唾沫。

　　「要是它在鎮子裏闖了禍，賬都會算在我們頭上，對吧？」彭嘭皺着眉，低聲詢問身邊的伙伴們。

　　就在此時，氣球人在阿姆便利店門外，被兩個街頭小霸王給攔住了。

　　「小肥肥，你從哪裏來？」

　　「無可奉告。」氣球人的綠色電子眼在微微閃爍。

　　身份鑒定完畢：齊普力兄弟。

　　魚罐街小霸王——啟動低級防禦模式。

　　氣球人想抬起手臂，但智能語音提示：「能量不足，激光槍無法響應。」

　　「噗——哈哈哈！就這橡膠的身板兒，能配置激光槍？看樣子，多半是陪小鬼們玩的搞笑機械人。」

　　「少和它廢話，直接拉走，扔去二手機械人市場賣了。」

氣球人電子眼的綠光激烈閃爍，慢慢變成了淺紅色。

「糟糕！要出事了！」小笨貓一聲驚呼，趕緊拉着伙伴們一起穿過嘈雜的街道，朝氣球人和齊普力兄弟跑去。

「齊普力大哥，請等一下！」

小笨貓和伙伴們適時擋在他們之間，嬉皮笑臉地解釋。

「不瞞兩位，這個機械人是我爺爺的最新發明，但是程序老出錯，我們正打算把它便宜賣掉，請問你們要嗎？」

「原來是那個老傢做的垃圾東西。」齊普力兄弟對視一眼，不耐煩地撇撇嘴，「不要。古物天閣出品的東西，沒幾樣是好用的，根本賣不了價。再見！」

齊普力兄弟氣呼呼地走遠了。

小笨貓心裏滿不是滋味，但沒時間去思考太多——氣球人已經邁着搖擺的小碎步，走進了阿姆便利店裏。

「氣球人去便利店幹嗎？」馬達好奇地問。

「看看不就知道了。」小笨貓深吸一口氣說。

男孩兒們互相交換了一個不太確定的眼神，一齊硬着頭皮走進了阿姆便利店。剛進門，他們立刻被眼前的情形驚呆了——店內保健食品自助貨架前，氣球人拆開一箱箱耐力寶營養液，全部澆在自己的頭頂上。神奇的是，這些口服液竟然沒有一滴流淌下來，被它的膠質身體像海綿吸

水一樣吸收了。

小小軍團的男孩兒們站在便利店的感應門中間，震驚地張大嘴巴。站在兩邊的彭嘭和馬達更是被不停開合的感應門夾了好幾下。

「這是什麼回事？」喬拉驚愕地低語。

「走這麼遠，就為了洗個頭？」彭嘭低呼。

馬達則推了推鼻樑上的眼鏡，心裏開始計算那些營養液的價格。一位年輕的光頭店員站在一旁，滿臉堆笑，不停地在手持收銀機上寫寫畫畫。

很快，氣球人頭頂上顯現出三行全息文字——

> 劣質產品，充能有限。
> 不符合激活主體腦細胞的要求。
> 下一步，繼續尋找細胞營養液。

緊接着，氣球人在男孩兒們錯愕的目光中，邁着逍遙步，將堵在門口的男孩兒們推開，從容不迫地離開了便利店。

小笨貓和伙伴們連忙轉過身，朝氣球人追去。突然，小笨貓感覺到外套被拉緊，似乎有人將他拎了起來。

「笨貓，你忘了付帳。今天是現金還是掃碼？」光

頭男店員敲擊了一下收銀機，面板上跳出一張全息影像賬單。

「不是我！」小笨貓掃過消費賬單，最末尾寫着——共消費 1562 星幣！他立刻爆炸了，大聲解釋：「光頭哥，不關我的事，是那個氣球人幹的！」

「剛才你跟齊普力兄弟說的話，我可都聽見了。它是你爺爺老沐茲恰做的機械人。」光頭店員一臉壞笑地說。不等小笨貓開口，他接着說道，「小笨貓，要麼付帳，要麼叫你爺爺過來打斷你的貓腿，二選一。」

「可是……」小笨貓百口莫辯，三個男孩兒面面相覷。

「呦，這不是笨貓嗎？怎麼，幹壞事了？想夾着尾巴逃跑嗎？」一個熟悉的聲音從便利店外傳來，小笨貓的心猛地一顫，轉頭朝身後看去。

出現在他眼前的四個少年，和小笨貓一樣是英才學校的學生，更是小小軍團在學校的宿敵，號稱「哈皮軍團」。

四個人中，除了表情一貫陰狠的司明威比小笨貓矮，其餘三個都比小小軍團的男孩兒高出一大截兒，站在一排，壯實得像一堵牆。

站在最前面的那個滿臉痘痘的傢伙，便是野原輝。此刻，他手裏擺弄着一台最新式機器遙柄，一架野豬造型的

保鏢機械人「野豬攔路者」，就站在他身後。

馬達尋思着找個角落先藏起來，避避風頭再説。結果卻被兩隻大手抓住了肩膀，硬拖了回來。

抓他的是一對雙胞胎，名叫茅石強和茅石壯。兩兄弟身材高大，頭腦簡單，只有髮型不同。他們抓着馬達，就像揑着一個布偶般輕鬆。

「野原輝，你來湊什麼熱鬧！」彭嗙氣呼呼地問。

野原輝一夥眼裏只有小笨貓，彭嗙的質問被完全無視了。喬拉抓住衝動的彭嗙，搖頭示意他不要輕舉妄動。

「笨貓，知道嗎？你好大的貓膽！」野原輝惱怒地説，眼睛擠成了兩條縫，「昨天的事，你怎麼解釋？」

「昨天？」小笨貓翻着白眼尋思，隱約想起來好像是有條野原輝的留言。

「他果然忘了。」司明威在一旁煽風點火。

「你……竟然敢無視我！」野原輝氣得渾身發抖，臉上的痘痘就像一座座快要爆發的小火山，「銀翼聯盟挑戰賽就快開賽了。能加入岩石城雄獅隊的，整個星洲只會有三個人——清醒一點兒吧，笨貓！」他擦了一把鼻涕，「小小軍團，唯有跟哈皮軍團合併，才會有未來！我做星洲榜第一，二三名隨你挑！」

小笨貓望着浮在半空中的虛擬賬單，突發靈感。

他的眼睛滴溜溜一轉，激動地朝野原輝大喊：「大哥！」

野原輝一夥愣了愣，一時間有些措手不及。

「笨……沐恩……你什麼意思？你肯加入我的麾下，和我並肩作戰了？」野原輝有點兒難以置信。

哈皮軍團和小小軍團的成員們，全都一臉失落地站在一邊。「笨貓和野原輝從小學就開始鬥，這麼多年過去了，今天要分出勝負了嗎？」彭嗙吃驚地低語。

小笨貓指了指全息賬單，畢恭畢敬地說：「大哥，你要的耐力寶都被氣球人喝光了！賬單給你，我先告辭啦！」說完，小笨貓朝喬拉等人擠了擠眼，不等野原輝反應過來，就飛一般地沖出了超市。小小軍團的伙伴們趕緊跟上。

「輝哥！醒醒！笨貓把你當成冤大頭了！」司明威查看了一下全息賬單，拼命搖晃野原輝的身體，把沉浸在收服小笨貓幻想中的野原輝喚醒。

等野原輝搞明白了賬單的來龍去脈，小笨貓一夥早已不見蹤影。

他只得憤怒地握緊「野豬攔路者」的遙控手柄，大聲咆哮：「可惡！笨貓這個言而無信的傢伙！給我把他抓回來！」

「等一下，作為小笨貓的大哥，請先買單！」光頭店員敦實的身影擋住了他們，身後還站着兩個機器警衛。

「這些破玩意兒不是我買的！和我沒關係！」野原輝惱怒地大叫。

「你和小笨貓之間，誰是大哥？」光頭店員詰問。

「當然是我！」野原輝想也不想地大喊。

「很好，那買單吧！」光頭店員露出了笑容，「是現金還是掃碼？」

「可惡的笨貓……太欺負人了……我野原輝身為星洲的希望、未來星洲第一少年機甲駕駛員，今天這個單我買了！」野原輝不甘的怒吼聲，在魚罐街上空飄蕩。

小小軍團的男孩兒們就像靈巧的沙丁魚般鑽進人羣，一溜煙地跑出去老遠，直到完全聽不見野原輝的叫喊聲才停了下來。

小笨貓轉身沖阿姆便利店的方向，壞笑着舉手敬了個禮：「野原輝，我會記住這個陽光明媚的下午，你為我承擔的一切的！」

「貓哥，野原輝那個傢伙，估計肺都要氣炸了！」馬達用崇拜的眼神看向小笨貓。

「沒錯，都怪那個氣球人。」小笨貓再次擔憂起來。

「得找機會把它逮住，交給駱基士警長。」小笨貓面

色不快地説，「將它上繳，説不定還能掙點兒賞金，修理小牛四號。」

喬拉和馬達的眼睛全都亮了起來，十分贊同小笨貓的主意。

彭嘭惡狠狠地擼起了袖子：「説得對，為了修好牛寶寶，待會兒看我怎麼教訓那個胖子！」

「可是，氣球人呢？」喬拉的話讓眾人回過神來，繼續在人羣搜尋白色的身影。

「它在⋯⋯」馬達突然頭皮發麻，驚恐地低語，「剛才⋯⋯我看見它走進銀行了⋯⋯」他做了個發射激光的動作，「難道它想⋯⋯搶⋯⋯」男孩兒們呆若木雞地站成一排，臉色像紙一樣白。

一秒後，他們不約而同地發出一聲尖叫，撒腿就朝銀行的方向跑去。當他們追到一個拐角處，卻發現氣球人鑽進了一個它側身才能通過的窄巷子。

小笨貓和伙伴們跟着穿進去，眼前是一個狹小髒亂的居民小院。一段殘破的水泥樓梯下，有一扇虛掩的木門，門口掛着一塊熒綠門牌，上面寫着「酷龍智械診所　營業中」。

「它不是普通的機械人？是邪惡智械？」喬拉倒吸一口涼氣。

「來這種小診所會是什麼好東西？」彭嗒摸着下巴沉思。

「去看看。」小笨貓屏聲靜氣走下樓梯，輕輕推開門。

診所裏的光線昏暗得很。外間是候診室，牆面上黑色管道縱橫交錯，天頂閃爍着暗紅幽光。門口的一個鐵架子上，擺放着一個智能機械人的下顎。不同型號的機械義眼、四肢，甚至還有金屬心臟，安靜地擺放在陳列櫃裏。各種零部件和消耗品的包裝盒在角落裏堆成一座小山。

一位蓬頭垢面的絡腮鬍壯漢，坐在角落處的手術臺旁，正頭也不抬地用螺絲起子修理着一隻機械手臂。

手術台上方，全息影像正播放着一場機甲挑戰賽。氣球人一動不動地坐在手術台對面。

小笨貓發現，它背後閃爍着「電量不足」的標誌。

「這個型號，我修不了。」絡腮鬍懶洋洋地說，「快走吧！」

「不行！」氣球人和男孩兒們不約而同地回答。

絡腮鬍困惑地抬起頭，打量了一眼面前的男孩兒們。

他戴着一副殘破眼鏡，滿臉桀驁不馴、極度不耐煩的表情。「小子，怎麼又是你？」認出是小笨貓時，酷龍智械診所的主理人——葛佩奇醫生，低聲說，「說過好幾次了，小笨貓，升級小牛四號，除了有錢，還必須獲得監護

人的同意。」

葛醫生繼續修理起機械手臂來，毫無興致地撇了撇嘴說：「我這裏是診所，不是慈善機構，快把它弄走。」

「您好，我不需要修理。」氣球人一本正經地説。

「我是鴻鵠防禦盾 XP 型守護機械人，白雲衞士。」氣球人接着說道，「我需要一箱細胞修復液，以及一瓶月矽融合劑。」

「我這裏沒有違禁品。」葛醫生再次掃了氣球人一眼，沒好氣地説，「從哪裏來，就回哪裏去。星洲不是法外之地——除非，你的賬戶裏有 100 萬星幣。」

「沒有。」氣球人思考了幾秒，低聲回答。

「那就趕緊走。我只是開個玩笑，就算有 100 萬星幣，在整個星洲，也不可能買得到細胞修復液。除非你是混種人，能去月光街……」葛醫生沒好氣地停住了嘴。

小笨貓如墜雲霧，他聽不太懂氣球人和葛醫生對話的內容。更沒有察覺到，自己衣服上的爆炸貓徽章，在無人注意時悄悄起了變化。徽章碎裂成幾隻黑色小甲蟲，慢慢朝診所的智能中控系統爬去……

聽完葛醫生的氣話後，氣球人的電子眼漸漸變紅了。

男孩兒們則擠成一排，早有所準備。

「不好意思，葛醫生！」小笨貓趕緊説，同時一個箭

步擋在醫生和氣球人中間，「我這就帶它走。」

「不送。以後也別來了。」葛醫生低下頭，繼續修理，「多說一句，我沒聽說過有防禦盾 XP 這個型號的機械。如果來歷不明的話，建議你還是扔了，以免引禍上身。」

撲哧——撲哧——

男孩兒們正準備離開時，一陣讓人頭皮發麻的聲音響了起來。小笨貓驚恐地回頭，發覺診所突然變得陰氣沉沉。

原本擺放在陳列櫃中的各種機械義體，蠢蠢欲動——下一秒鐘，這些機械義體猶如一羣驚醒的惡獸，瘋狂地沖破櫃門在空中揮舞。一些義體高舉着鑽頭、電鋸以及鋒利的刀片，將牆面上的金屬管道捅出了好幾個大洞，不明液體順着破口處噴射出來，很快診所內變得一片狼藉。

男孩兒們被堵在房間裏，在機器轟鳴和玻璃瓶罐被砸碎的混響中，驚慌失措地藏在角落處的一張大鐵皮桌子下。「怎麼回事，氣球人又失控了？」小笨貓感覺今天特別不對勁。

「簡直就像撞見了瘟神！」喬拉抱着頭慘叫。

「那不就是它嗎？！」彭嗞指着氣球人大聲說。

「聽醫生的，貓哥。這氣球人不好惹，把它扔了吧！」馬達今天備受刺激，此時嚇得快要哭出聲來。

　　葛醫生反應過來後，臨危不亂地找機會關閉了房間的總電源。但令人意外的是，機械義體竟然絲毫沒有停下來的意思，更加瘋狂地打砸起來，並且一股腦兒地朝氣球人所在的方向攻擊過去！

　　「檢測到威脅，啟動高級防禦模式——」

　　「備用能源打開——激光槍已響應——」

　　氣球人的電子眼再次變得淩厲，它胖胖的手心中亮起了一道刺眼的強光。

　　「不要……請等一下！」葛醫生臉色煞白，急忙阻止。氣球人卻毫不遲疑地抬起手臂，姿勢帥氣地朝四周發狂的義體發射出一道道激光，將它們打得粉碎。被擊碎的機械部件在煙霧中胡亂飛濺……

　　當氣球人將最後一個朝它進攻的機械手臂「消滅」時，激光洞穿了房間內一個標記着「請勿觸摸」的資料櫃。現場迸射出一大團火光，整場戰鬥在劇烈的爆炸聲中宣告結束。

　　無數金屬碎片隨着熄滅的火光墜落下來。男孩兒們頭頂上的鐵皮桌子被敲得咚咚直響。被炸飛的螺絲起子垂直掉落，直接戳在了正趴在地上的葛醫生的屁股上。

　　「哎喲！」葛醫生發出一聲淒厲的哀號。

　　氣球人的電子眼重新恢復成綠色，小笨貓和伙伴們也

都戰戰兢兢地從鐵皮桌下面鑽了出來，打量着凌亂不堪的現場。

「醫生，柯秋莎大媽推薦的保險，你買了嗎？」喬拉和馬達輕聲問道，「要不然，我們幫你報警？」

葛醫生瞪着小笨貓一夥，臉漲得通紅，吼道：「出去！」

「馬上——永遠不要再出現！」葛醫生捂着屁股，跟跟蹌蹌地從地上爬起來，一頭被污水浸濕的亂髮讓他看起來可怕極了，「帶走這個機械人！還有你的——破徽章！」

葛醫生從中控台邊撿起了一枚黑鐵徽章，狠狠地扔進小笨貓的懷裏。

小笨貓吃驚地發現，自己的爆炸貓紀念徽章不知道什麼時候又弄丟了，而且掉在了一個他並不曾去過的地方——中控台邊。

小笨貓還未來得及細想，就和伙伴們在葛醫生的怒吼聲中，幾乎是連滾帶爬地帶着氣球人離開了地下診所。大家來到巷子口的一小塊空地上，驚魂未定地喘着氣。

當小笨貓回過神，發現氣球人再一次不見了蹤影。

他心裏咯噔一沉：「氣球人呢？」

「在那兒！」馬達指向來時的那條狹窄巷子。大家看到氣球人敏捷地鑽了進去，一晃就消失了。

「還要追嗎？」喬拉癱坐在地上，體力不支地唉聲歎氣。

彭嗙擺了擺手，搶先說道：「不，我累了！心累。」

「鴻鵠防禦盾 XP 型機械人……天網上根本查不到資料。」馬達用自己的通信手環投射出虛擬顯示屏，一頁頁查找網頁，「這樣就沒法登記它的信息在天網上架出售了。」

「那我們現在怎麼辦？」喬拉望向小笨貓。

「先回秘密基地……」小笨貓無可奈何地說，「割草機械人的事，先和牛奶奶解釋一下……反正該來的，躲也躲不掉。」

不出意料，當小小軍團的成員們拖着疲憊的身體，晃晃悠悠地回到農場時，等待他們的除了怒不可遏的牛奶奶，還有一輛浮空警車！

一臉嚴肅的駱基士警長和柯秋莎大媽就站在舊倉庫的門口。牛奶奶正在一旁指着割草機械人的殘骸描述着什麼。更令小笨貓和伙伴們感到窒息的是，破破爛爛的小牛四號就像被抓包的熊孩子，無精打采地立在他們身旁，兩撇濃眉耷拉下來，模樣委屈極了。

兩隻機械貓也被逮捕了，正瑟縮在一個角落。當它們看見小笨貓時，又歡快地叫喚了起來。

「小笨貓，你未經監護人同意，私自改裝小牛機械人的事情我和警長已經調查清楚了。」柯秋莎大媽叉着腰，乾癟的身材活像一根竹竿，「證據確鑿，這可是非常危險的行為！」

「小笨貓！」駱基士警長疲憊地歎了一口氣，將警棍別在腰間。然後他從口袋中掏出一塊晶片高高舉起，神情嚴肅地說，「這可不是惡作劇——作為懲罰，我將收繳小牛四號晶片，交給你爺爺沐茲恪處理！以免危害居民和你自己的安全！」

「警長，請聽我解釋，事情是這樣的⋯⋯」小笨貓急切的大喊聲在稻草堆農場上空迴響。

「不用再解釋了，沐恩。大人們的耐心是有限的，你得儘快成長起來。」駱基士警長語重心長地說，之後就和柯秋莎大媽離開了。

濃雲密布的天空中，一道蒼白的閃電在雲層間劃過。一場暴風雨即將來臨。

第 8 幕 結束

第 **9** 幕

潛入古物天閣

　　小笨貓的苦苦哀求毫無用處。駱基士警長最終還是拿走了小牛四號的智能晶片。

　　牛奶奶緊接着劈頭蓋臉地訓斥了小笨貓一頓，然後用拖車將割草機械人的殘骸帶走了，就連小狗嘿嘿也一臉鄙視，走前還在舊倉庫門口撒了泡尿。

　　男孩兒們合力將小牛四號拉回倉庫之後，垂頭喪氣地

盤腿坐在地上，心力交瘁。

「小牛四號不但被撞壞，現在連晶片也沒有了。」喬拉鬱悶地歎了口氣。

「必須找到那個氣球人。」小笨貓惱火地說，「它出現之後，就沒發生過一件好事。」

「好像它說過，還會回來的。」彭嘭一臉陰沉地回憶。

「貓哥，彭嘭……你們看那邊……」馬達顫抖着指向倉庫門外。所有人一齊轉頭看去，陰沉沉的光線中，氣球人晃悠悠地走着。它的身體發出微弱的白光，在倉庫門口逗留了兩分鐘後，轉身朝奶牛棚的方向走去。

「牛奶奶的牛奶！」「牛奶奶的奶牛！」「舊倉庫的房租！」「小牛四號的修理費！」

小笨貓和伙伴們不約而同地大聲尖叫，連滾帶爬地沖進了奶牛棚裏。他們發現氣球人正站在角落處的一個木頭梯子上，笨拙地翻進一個兩米多高的牛奶儲存箱裏，撲通一聲掉落進白花花的牛奶中。

> 檢測到營養液——蛋白質。純度：低等；
> 脂肪含量：中等。檢測結果：建議攝取 1000 升。

氣球人的頭頂上出現一個水蒸氣的全息影像，令它看

上去像個泡溫泉的摳腳老漢。

更令大家驚奇的是，氣球人的身體就像海綿，將牛奶全都吸了進去，三分鐘不到的時間，所有的牛奶便全沒了。

「補充完畢。進入能量修復模式。」氣球人呢喃自語，若無其事地跳出了牛奶儲存箱。它的頭頂上旋轉着一行全息文字——

🚗 腦細胞修復進度 0.01%。

「這傢伙不是機械人嗎？需要修復什麼腦細胞？」小笨貓有氣無力地問。

氣球人彷彿在調侃小笨貓一般，從頭頂上滋出一股牛奶，淋在了小笨貓的腦門兒上。接着是它的肩膀、手臂、肚子、大腿……不一會兒，氣球人就好像成了一個巨大的灑水壺。男孩兒們看得目瞪口呆。

小笨貓和伙伴們只好將氣球人帶回舊倉庫，翻出一盒過期的風濕止痛膠布，將氣球人身上的漏洞一一堵住。

氣球人自顧自走到破損的白蛋旁，鑽了進去。艙門合上後，它便再也沒有聲響了。

「割草機械人的事情剛剛了結，這麼多牛奶又沒

了。」喬拉虛脫無力地說。

「它來歷不明，還有嚴重暴力傾向。」彭嘭撇了撇嘴，「也許費盡力氣抓住它，也換不了幾個錢。」

「要不登個招領啟事。」小笨貓抱着胳膊，憂心忡忡地說，「只有找到它的主人，才能解釋清楚這一連串怪事⋯⋯」

「萬一它的主人不要它了怎麼辦？」馬達擔心地問。

小小軍團陷入一片沉默，但一時半會兒也想不出更好的辦法來。

接下來的三天，氣球人就像進入了冬眠，待在白蛋裏

再也沒有出來過。小笨貓忙着檢修小牛四號，讓他頭疼的是，想要完全修復好，需要採購不少關鍵零件。可即便是修理好了，沒有晶片的小牛四號也無法啟動。

第四天下午，小笨貓用通信手環發了一條小小軍團緊急召集令。請伙伴們到落霞鎮的「跳蛙漢堡店」集合，一起探討當前困難的解決之道。

跳蛙漢堡店位於英才學校附近，裝修酷似廢舊綠皮火車的餐車，空氣中有一股難以言喻的味道。但好在食物非常便宜，而且放假期間人也不多。

一個電線裸露在外的老式服務機械人，慢吞吞地將幾杯沒了氣泡的汽水放在他們眼前，彭噔多要了兩個蒸蛋年糕。小伙伴們在吵吵鬧鬧的音樂聲裏，爭論了整個下午，最終投票決定，力勸小笨貓面對現實——明知山有虎，偏向虎山行！

他們決定一起去古物天閣，向爺爺沐茲恪討回小牛四號的晶片，如果運氣好的話，說不定還能搞到一點兒修理零件。

說到廢舊零件，還有哪裏會比爺爺沐茲恪的庫房更多呢？他這輩子什麼都沒攢下，除了一身臭脾氣和怪發明，就只有古物天閣後院堆積成山的金屬垃圾了。

一路上，伙伴們吵吵嚷嚷地給小笨貓出謀劃策。

「送點兒好禮給沐爺爺，說不定他會饒你一命。」彭嘭說。

小笨貓的心情沉重極了。他心裏非常清楚，向爺爺討要小牛四號的晶片，幾乎就是一件不可能的事情。他討厭小笨貓玩機甲，更何況，火雞王座事件的餘波還沒有完全消散……

伙伴們經過路邊一塊新廣告牌時，看到了火焰菲克駕駛機甲的最新全息影像——他從一團熊熊燃燒的烈火中沖了出來，聲如洪鐘：「烈火的淬煉讓我戰無不勝！改變自己，才能改變世界！請選擇——烈火牌機油！」

三個男孩兒對這則廣告議論紛紛。

小笨貓停下腳步，反復觀看了幾遍。

「也許爺爺就是淬煉我的一團火焰。」他對自己說，「如果連小牛四號都救不了，還談什麼夢想呢？」

小笨貓在心裏拿定了主意，當天晚上，無論如何也要拿回晶片。另外，他還要攢錢從天網購買一瓶烈火牌機油。

和小伙伴們約好，晚飯後在農場門口的草垛前碰面，小笨貓便獨自回到了舊倉庫。

剛關上門，正準備繼續檢修小牛四號，小笨貓驚訝地發現，角落裏竟然站着一個怪異的身影！

小笨貓幾乎叫出聲。昏暗的光線裏，氣球人正用雙臂阿支撐着身體，一動不動。它身上某些部位貼着風濕止痛膠布，看起來怪怪的。

此刻，氣球人眼睛裏正亮着綠油油的熒光，和驚愕的小笨貓相互對視。

「你……在幹什麼？」小笨貓問。

「瑜伽，人面獅身式。」氣球人説着，又將雙腳和雙手向後抬起，只用圓圓的肚子着地，「蝗蟲式。」

小笨貓慢慢地挪動，在地上坐了下來，緊靠着仍在關機狀態的小牛四號。

「我的意思是，你是機械人，不是嗎？」

「是的。鴻鵠防禦盾 XP 型，代號白雲衞士。」氣球人回答。

小笨貓原本想問的是：「機械人為什麼需要做瑜伽？」

但他現在更想知道其他事情，於是小心翼翼地打探：「聽着，我不想惹麻煩。但你為什麼會從天上掉下來？接下來有什麼打算？」

「戰鬥受損。當前為護理模式。任務是幫助主體儘快恢複健康。」氣球人站起身向前邁出一個弓箭步，高舉起胖乎乎的雙臂，「戰士式。」

「主體？」小笨貓四處張望，但周圍並沒有其他人，

「你的主人是誰？他在哪兒？你能和他聯繫上嗎？」

「機密，無可奉告。」氣球人説。

「那好吧。」小笨貓遺憾地聳了聳肩膀，「我已經在網上登記了你的招領啟事。在他來認領你之前，你可以留在這裏。但我有幾個條件……」

氣球人突然站直身體，把小笨貓嚇了一跳。

它的眼睛射出兩道綠光籠罩住小笨貓，旁邊的空氣中出現一行行投影文字——

> 沐恩，男，12歲。出生於2059年5月16日。現居星洲廢鐵鎮垃圾山大道187號。就讀於英才學校初中一年級。
>
> 親屬：祖父沐茲恪、父親沐英雄、母親樂儷（別號「小茉莉」）……

「你這是在做什麼？」小笨貓不高興地問。

他的面前出現一個綠色的投影文字：通過。上面還飄灑着慶賀的彩色紙屑。

「機械人臨時看護協議認證通過。」氣球人的眼睛飛快閃動起來，「現在啟動自定義程序，請説明您對機械人

的要求。」

「拜託，我才沒興趣做你的監護人。」小笨貓不耐煩地説，「我只是希望你不要使用激光槍，不要到處亂跑，直到你的主人把你領走。行嗎？」

「自定義程序設定完成。恭喜閣下，機械人臨時看護協議已達成。」氣球人自言自語，「您在對我提出任何要求時，請遵照如下格式：尊敬的白雲衛士， 請您——」

「你到底有沒有聽懂我的話？」小笨貓生氣極了，「算了，我要出門，你待在這裏等我。」

他跳起來把氣球人推到白蛋旁，走到倉庫門口打開門，剛準備把門關上，氣球人竟站在了他的身後，並且一

把推開他朝農場外走去，頭頂上方旋轉着一行綠色的影像文字——

> 🚗 散步中。

小笨貓趕忙追上它，生氣地大叫：「你快回去！」氣球人無動於衷。小笨貓只得朝天空翻了個白眼，強迫自己放慢語速：「尊敬的白雲衛士——請您回蛋裏待着。」

「根據您簽署的臨時監護協議，幫助主人恢復健康，為一切行為的最優先級。」氣球人回答。

「喂，你在玩我嗎？」小笨貓發怒了，挽起袖子威脅氣球人，「再不聽話，我馬上把你賣了！」

小笨貓的面前出現一張不停滾動的法律條文投影。

「此外，根據銀翼聯盟有關法規，鴻鵠防禦盾不可用於交易，否則將以刑事犯罪論處。」氣球人認真地對小笨貓説。

小笨貓嘴裏發苦，他剛剛竟與一場牢獄之災擦肩而過。現在，他對氣球人已經徹底沒轍了。

「尊敬的白雲衛士，那請您……跟我一起散步吧。總比讓你到處亂跑好……」

「我很榮幸。」氣球人回答。

小笨貓無奈地朝農場口走去。小笨貓和男孩兒們會合時，氣球人一直不緊不慢地跟在他身後。

他鬱悶地把剛才發生的事情向伙伴們說了一遍。

「你為什麼不多定義幾個要求？」喬拉遺憾地大叫。

「應該讓它把主人的銀行賬戶交出來，至少把最近造成的損失給我們都補上。」彭嘭生氣地說。

「它真的不會再使用激光槍了嗎？」馬達戰戰兢兢地問。

小笨貓懊惱地咬牙怒吼道：「可惡，剛才是我沒有考慮周詳。」

他看了一眼天色，甩頭向伙伴們示意。

「時間不早了，我們先出發。再晚一點兒，我爺爺又要鑽進他的實驗室了。」

男孩兒們嚴肅地高舉起握拳的右臂碰在一起——這是小小軍團的軍團禮，象徵着忠誠、力量與勇氣。

氣球人機械地轉動胖乎乎的頭，正要舉手效仿，卻被喬拉推到了隊伍中間，一起朝古物天閣走去了。

此時，天空已經變成了暗紫色，廢鐵鎮裏亮起了昏黃的燈火。為了節約能源，路燈被調得非常暗淡。

只有商業街上的招牌，夜裏格外豔麗刺眼。尤其是「老地方餐館」——那是一幢用四節舊鐵皮火車的車廂疊

起來改造而成的房子，也是鎮子裏最高的建築——一到傍晚，一隻青蛙就會出現在餐館上空中的廣告牌中，這也是廢鐵鎮第一塊全息投影廣告牌。

小笨貓和伙伴們繞過寂寥的商業街，潛行在一條狹窄的巷弄中——這是去古物天閣的必經之路。沿路那些用各種鐵皮廂與磚石混合而改造的老屋子，就像一張張鐵青的臉，間或亮着燈光的窗戶，彷彿被驚醒而睜大的眼睛，瞪着路上這一行「小老鼠」。三個小丑頭像造型的飛行器，紅鼻子上閃爍着紅光，在忽明忽暗的路燈下穿行着送外賣。

街道上迴響着電視的聲音和尖銳的犬吠聲。

小笨貓緊張極了，總覺得路邊的每個陰影裏都有可能跳出駱基士警長。平時他最喜歡在這一帶巡邏，一旦被他抓住，免不了被狠狠訓斥一頓。還好，他今天的運氣不錯，順利地到達了垃圾山大道。

這是一條狹窄而短小的坡道，沿途沒有路燈。夕陽的最後一抹余暉照射在滿是泥濘的道路上。海洋垃圾在路邊堆積如山，散發出一種淡淡的海腥味。

小笨貓對這條路實在太熟悉了，他帶着伙伴們和氣球人在海洋垃圾堆上攀爬，很快便看到了嵌在岩壁裏的那幢金屬鐵皮屋——古物天閣。

然而當他們剛從垃圾堆中一個半人高的隧道裏鑽出來時，小笨貓頓時愣住了——他發現不遠處的古物天閣的舊物回收窗口外，排着長長的隊伍，全都是來討債的居民。

他們朝坐在屋簷下的老沐茲恪叫嚷着，一股比暮色還濃的怨念隨風飄了過來。小笨貓趕緊和伙伴們以及氣球人一起退回到隧道裏。

「這個月第五次了！」隊伍最前面的絡腮鬍子大叔咆哮，「如果你不管住那個小鬼，請你們一起離開！」

老沐茲恪坐在輪椅上，淡定的表情就像一層比城牆還厚的面具，幽幽地勸慰：「他還是個孩子，調皮一點兒不是很正常嗎？等他稍微長大一點兒，自然就會好啦……」

「幾年前你就這樣説了！」一個禿頂中年人叫嚷，「我怕我們等不到他長大的那一天！」

「就是！」居民們紛紛響應，「看看我們這一臉的染料，根本就不能出門工作！」

「阿里嘎多！阿里嘎多！」渾身鐵銹的管家機械人阿裏嘎多，一邊不停地向居民們彎腰道歉，一邊給他們派發「消消氣」等位竹簽。胸口處的液晶顯示屏上，緩緩閃過一串文字：當前告狀人數較多，請大家有序排隊。

「貓哥，情況有點兒不妙啊……」喬拉緊張地説，「我剛才好像聽見你爺爺説，要打斷你的貓腿！小輪椅都給你

阿多拉基1 →
廢墟中的倖存者

準備好了……」

彭嗙縮回了伸長的脖子，神情沮喪地低語：「想找他討回晶片和零件，不是件容易的事……」

「要不，我們再另外想想辦法……」馬達的聲音有點兒顫抖。

「鎮定。」小笨貓低聲説，「來的路上，我已經想好了。偷偷溜進去的話，估計可以拿到。」他手一揮：「跟我來！」

小笨貓帶着小伙伴們，繞道從垃圾山大道後方的一片鋼鐵廢墟中穿過，氣球人一直慢悠悠地尾隨在後面。

當他們從廢墟中一輛報廢的卡車駕駛室鑽出來後，一大片被鐵絲電網覆蓋的露天空地出現在眼前。

這裏是老沐茲恪的舊物回收站的後門。

「很好，我們到了。」小笨貓髒兮兮的小臉上露出了一絲笑容。

「我剛才被卡住了肚子，一口氣差點兒接不上來。」彭嗙幽幽地對馬達説，「我注意到氣球人通過的時候，居然可以放氣……」

「噓！小聲點兒！」喬拉叮囑大家。

此時天色已經完全黑下來，天空像厚重的黑絨布遮蓋在了他們的頭頂上。一盞燈懸掛在空地中央的立柱上，左

右搖晃着投下一束暗淡的燈光。空地裏橫七豎八地擺放着幾十個兩米多高的貨架，裏面塞滿了各種金屬垃圾和廢舊電器。

小笨貓動作麻利地切斷了連接鐵絲網的電源，和喬拉、馬達一齊朝彭嗙看過去。氣球人也跟着轉過了頭。

「我拒絕！」彭嗙生氣地説，「每次都是我當你們的踏腳墊，今天明明有一個比我更胖的傢伙，讓它來幫忙！」

小笨貓覺得彭嗙説得有理，他摸着下巴點了點頭，説道：「尊敬的白雲衛士，請您幫我們翻過這個鐵絲網。」

「檢索到 77 種最佳翻牆方案。」氣球人朝小笨貓伸出手腕，充氣皮膚上面有一道牆體結構投影，各種可能的翻牆方式在依次變換。

「儘量簡單一點兒！」小笨貓壓低聲音説，「要快，不能讓電子眼警衛發現！」

「200 星幣。」氣球人果斷回答。

「什麼意思？」幾個小伙伴對視了一眼，覺得很納悶兒。

「摧毀電子眼，折算的能量耗費。」氣球人説。

「這可是我家！」小笨貓高聲嚷道，很快又低聲解釋説，「另外，我們不但沒有錢給你，可能的話，還需要找

你再借一點兒……」

「明白。」氣球人大腦嘟地運轉了一下。它踩着小碎步走到鐵絲網旁邊，將雙手雙腳縮回圓滾滾的肚子裏，只露出一個頭，看上去像個巨大的白色不倒翁，在那裏左搖右晃。

「彈射式翻牆，零耗費。」

「不得不說，這白雲衛士功能挺不錯！」喬拉小心翼翼地戳了戳氣球人，然後輕輕踩在它充滿彈性的身體上，安全翻過了兩米多高的鐵絲網。馬達和小笨貓緊隨其後。

然而當彭嘭嘿的一聲跳上去時，氣球人被壓扁了——小伙伴們正擔心氣球人會不會爆炸，它突然將彭嘭彈了起來。

翻過圍牆後，彭嘭屁股先着地，發出豬肉砸在案板上的悶響聲。緊接着氣球人在原地躍起，飛過圍牆，落在了彭嘭的肚子上。它彈出手腳，恢復成了原來的樣子。

「這傢伙太好玩了！」馬達忍不住捂着肚子笑出聲。

「你這個……」彭嘭正要破口大罵，喬拉神情緊張地打了個噤聲手勢：「噓！看那邊，有東西過來了！」一行人趕緊伏下腰，跟着小笨貓躲到了一個塞滿生銹金屬塊的鐵架後面。

這時，一道拉長的黑影貼着地面朝他們所在的方向遊

過來，發出嚓嚓聲。當影子顯現真容時，竟是好幾個用廢舊電器改造而成的運載機械人。

它們郵筒大小，胸前刻着各自的數字編號，排着隊，高舉着遠超自己體形大小的金屬垃圾，依次擺放到鐵架上。身後還跟着一羣用金屬管道做成的巡邏機械人，正轉動着像倒扣的鐵碗般的腦袋，四處張望，發出咔咔啦啦的聲音。

「是運載機械人 PB-3 和巡邏機械人 CE-6 ！」小笨貓悄聲解釋。他每次偷偷溜來這裏玩耍，它們總是尖叫着給老沐茲恪報信。

嗶嗶嗶嗶哩！巡邏機械人 CE-6 嚴肅地説着什麽，它那雙掛在兩根垂落在彈簧上的玻璃眼珠左搖右晃。舉着金屬垃圾的運載機械人們則發出咔咔嗒嗒的撞擊聲。

伙伴們悄悄躲在暗處，一直等到機械人們走遠了，才趕緊離開藏身之所，朝老沐茲恪的核心元器件存放區溜去。

第 **10** 幕

驚魂裂變獸

「我們到了。」小笨貓帶着小伙伴們一路檢視着庫房內堆積如山的各式零件，眼睛閃閃發光。

小笨貓壓低聲音說：「爺爺所有的晶片和核心零件，都藏在那幾個鐵架上。」

「笨貓，有你的！看來牛寶寶有救了！」彭嗙在一旁

摩拳擦掌，準備大幹一場。

「等等！」小笨貓吩咐激情滿懷的小伙伴們，「我去找小牛的晶片。零件你們別拿多了，我們沒法兒帶走。」

「另外，巡邏機械人大約一刻鐘後會巡邏到這裏。大家注意時間，萬一被爺爺逮住……你們懂的。」

伙伴們默契地點了點頭。

接着，他們像耗子般四散開去，搜索各種用得着的零件。氣球人則悠閒地坐在角落裏，欣賞着在鐵欄貨架中間竄來竄去的男孩兒們，頭頂上的投影文字變成了——

休息中。

一道突如其來的閃電，在回收站庫房外的天空中亮起。小笨貓嚇得差點兒從兩人高的晶片收藏架上掉下來。

周圍的金屬垃圾，在電光中就像陷入了永恆沉睡的老人。更糟糕的是，大雨隨即傾盆而下。

強勁的北風挾着一片片雨幕，朝庫房罩過來。不一會兒，男孩兒們就被從屋頂裂縫中滴落的雨水淋得渾身濕透。

小笨貓從晶片收藏架上爬下來，找了幾塊塑料雨布，遞給喬拉和馬達。

彭嘭頂着一件破舊的半身鐵皮盔甲充當雨衣。

男孩兒們一邊繼續搜尋，一邊低聲抱怨着壞天氣。

只有氣球人絲毫不受影響，雨點兒墜落到它身邊時，彷彿被一層氣流吹散了。

「它的皮膚除了擁有柔性強度，竟然還加裝了**空氣雨傘**①！」小笨貓喃喃自語，對氣球人更好奇了。

「看看這個，」彭嘭突然驚奇地拿起一個巴掌大小的金屬塊，在手上拋接着，「五十年前最貴的手機，但人工智能的智商實測和三歲的小孩兒差不多。即使現在最爛的機型，智商也在 60 以上。」

「這是……冰箱？」喬拉驚訝地拉開一個綠色鐵皮箱的小門，「沒有生化循環系統，壓縮艙只能塞下我家冷氣櫃中五分之一的食物，而且門還要用手拉……」

就在馬達也要湊過去看熱鬧時，不小心踢到了一個黑色塑料裝置上的橡膠按鈕，附近垃圾堆上的一個四吋大小的金屬盒子突然亮起屏幕，模糊不清的雪花屏上播放起了黑白歌舞片。

「這應該是……古代的電視機吧？如此模糊的效果，

---

①**空氣雨傘**：由體表的納米級氣孔持續釋放氣體，形成的一層貼身氣流屏障，可以吹開雨點兒。

那個時代的人，難道不用看實況機甲比賽的嗎？」喬拉惋惜地説，臉上的雀斑都皺在了一起。

　　小笨貓從旁邊一個小鐵盒裏掏出一片殘破的中古晶片，瞟了一眼後又放了回去。

　　「爺爺説過，科學技術的進步，會消滅普通人的幸福感。古時候的人類，可比現在開心多了。」

　　「沒有 VR 影像，也沒有機械人……一輩子都待在同一個地方嗎？看，我找到了這個！」馬達舉起一大瓶六角螺絲，他的頭髮全都被雨水粘在眼鏡片上。

　　「很好！爺爺的意思是，科技發展的速度太快，人類遲早會被自己發明的東西所淘汰和取代，譬如被割草機械人幹掉……」小笨貓餘憤未平地看了氣球人一眼：「白雲衛士，之前的事情，就算扯平了吧？」

　　「成交。」氣球人回答。

　　「既然這樣，那沐爺爺為什麼還要搞發明？」喬拉將一個生銹的風扇葉扔到一邊。

　　「誰知道呢？」小笨貓抹了一把臉上的雨水，「我敢肯定，他並不關心這個世界會變成什麼樣子，他只關心他自己的感覺。」

　　「不關心世界變革的人，都會被淘汰和取代。」氣球人站在一旁，掏出一大瓶來歷不明的營養液，一邊喝着一

邊慢悠悠地說：「具體可參看**人類第六次飛躍**[①]與**第三次火山灰戰爭**[②]，這些要從久遠的黃金時代說起。」

「白雲衞士，是不是保姆機械人都喜歡絮絮叨叨？」小笨貓目光灼灼地望着氣球人，「這個語言程序可以修改嗎？」

「小牛四號才是保姆級機械人。我是鴻鵠防禦盾 XP 型號。兩者天壤之別。」氣球人的語氣聽起來有點兒不太高興。小笨貓無奈地搖搖頭，繼續在貨架上到處翻找有可能啟動小牛四號的晶片。

砰的一聲悶響，把男孩兒們全嚇了一跳。

小笨貓轉過頭，發現一副老舊的 VR 眼鏡掉在他的腳邊。

---

①人類第六次飛躍：2059 年，麥考雷基因組公司通過研究發現，提煉在火星發現的特殊物質「緋石」（人面石），有十億分之一的機會提純出基因進化物質「生命源液」。普通人飲用 72 小時後，DNA 將產生變異，100% 延長壽命，同時有一定概率可強化軀體並獲得某種不確定的特殊能力。

②第三次火山灰戰爭：從 2037 年－2062 年，地球上各國政府組織人力物力，開發月球基地，從地月宮礦區中採集礦石，提煉月矽結晶，打造可用於躍遷的超導材料，製作小型星際穿梭機。此後赴火星採掘人面石以及探索外星遺跡的星際旅行開始盛行一時。
為了搶奪「月矽」和「人面石」，以及破解「生命源液」的秘密，智能人引發了多次太空衝突。其中發生在 2060 年－2062 年，由銀翼聯盟發起的與肅清「星海沙盜」有關的大規模星際航線保衞之戰，被星洲史學界命名為第三次火山灰戰爭。

　　馬達像瘦皮猴一樣攀在貨架上，一臉歉意地縮着脖子說：「抱歉，我不小心把它撞下去了。」

　　「當心點兒，巡邏機械人 CE-6 就在附近，別讓它聽見！」小笨貓壓低聲音說道。他彎腰將 VR 眼鏡撿起來，卻完全沒有注意到，掛在外套上的爆炸貓徽章就在他彎腰的瞬間脫落了，掉在一灘泥水中。接着，徽章就像融化了一般，變成一隻只細小的黑金甲蟲，迅捷地爬進了貨架下方的黑暗中。

　　而此時，在距離小笨貓和伙伴們不遠處的一個貨架後，巡邏機械人 CE-6 似乎察覺到了剛才的悶響，它發出咔咔啦啦的探測音，轉身往聲音傳來的地方查看。

　　忽然，CE-6 滾輪邊的一個零件堆下方發出一聲刺耳的尖嘯！幾根金屬電纜如同索命巨蛇，嘶叫着從零件堆中絞出，將 CE-6 緊緊地纏繞住。

　　不僅如此，電纜後端連接着一把轟鳴的電鋸，鋸齒凶猛地劃向 CE-6，瞬間將它肢解。割裂的 CE-6 殘軀，倒在地上抽搐，蒼白的電光四處閃爍。

　　一旁跟隨前來的運載機械人 PB-3 還未來得及反應，便被金屬電纜死死捆住，機器身體被硬生生地勒變形，然後拖入了零件堆深處。黑暗密布的角落裏，迴響起一陣惡獸貪婪啃食獵物的咔嚓聲響。

　　另一邊，小笨貓和伙伴們仍在小心翼翼地尋找着小牛四號的晶片，渾然不知他們所擔心的機器看守已經變成了一堆廢銅爛鐵。

　　「沒有看到備用晶片……估計被爺爺單獨藏起來了。」小笨貓叉着腰，沮喪地歎了口氣，「這些零件還不錯，或許小牛四號能用得上。」

　　「聊勝於無。」喬拉拍了拍小笨貓的肩膀安慰道，「剩下的事，我們再想辦法慢慢解決吧。」小笨貓失落地點了點頭。男孩兒們從角落裏翻出一個破麻袋，將一些用得着的零件裝了進去。

　　這時，地面忽然顫動起來，一陣笨重的腳步聲由遠及近。氣球人警惕地從地上站起身，電子眼漸漸變成了紅色。男孩兒們也紛紛轉過頭往後看去——

　　黑暗深處，一個形狀怪異的黑影正默默地佇立在那裏。

　　回收站頂棚外暴雨如注，天空中突然閃過一道電光，慘白的光線照亮了黑影的全貌。

　　小笨貓驚愕地發現，那竟是一個外形極其醜陋的機械怪物，它有兩米多高，身體由巡邏機械人以及另外幾個不知名機器部件構築而成——這些機械構件如同橡皮泥般被捏在一起，絞合成異常扭曲的形狀。

　　原本屬 CE-6 的散熱器，此刻變成了一副鋼牙，在它的胸口一開一合；機械雙臂和雙足全都是冒着電火花的廢舊零件；一台古舊箱式電腦變成了它的頭顱，雪花狀畫面不停地閃過一行驚悚大字——捕獲！戰鬥！隱匿！

　　怪物機械人邁着笨重的腳步搖搖晃晃地往前走，左前臂的電鋸激烈振動，碰撞在一旁的金屬零件架上，發出撕裂般的聲響。

　　「那是什麼玩意兒？ CE-6 剛才還不是這副樣子。」彭嘭難以置信地皺着眉頭。

　　「好可怕……那是什麼機器？」馬達嚇得瑟瑟發抖，

趕忙從貨架上爬下來。

「貓哥，這是沐爺爺給 CE-6 升級的最新版本嗎？」喬拉驚奇地問。

「不清楚……舊倉庫是爺爺的禁地。我很少進來。」小笨貓警惕地搖了搖頭，「沒見到過這種型號，但我感覺，它不懷好意。」

「檢測到高等級威脅——啟動防禦模式。」氣球人喃喃自語，它抬起了一隻手臂，手心中央醞釀着一團鮮紅刺目的光。

「等等！千萬別在這裏搞破壞，爺爺會殺了我的！」小笨貓一把抓住氣球人的胳膊。

就在此時，機械怪物已經近在咫尺了。電鋸劃在紅泥地上，翻起一陣陣帶水的泥花，怪物慢慢地將左前臂舉起，對準氣球人——

「快跑！」小笨貓見勢不妙，大喊一聲。

他將裝滿零件的麻袋甩到肩膀上，拉着氣球人轉身就逃。男孩兒們尖叫着跟在小笨貓和氣球人身後，玩命往前飛奔。

機械怪物在後面追趕，可怕的聲音響徹了整個舊零件回收站。

「可惡！」小笨貓回頭看去，發現跑在最後的馬達快

要被怪物追上了，只得忍痛將那袋舊零件朝機械怪物砸過去。

機械怪物抬起左前臂，如切蛋糕一般將麻袋在半空中切開，大大小小的零件凌空散落，發出劇烈的切割與碰撞聲。小小軍團的男孩兒們受到萬般驚嚇，將他們能撿到的一切東西，一股腦兒朝機械怪物扔過去。

很顯然，這對怪物毫無用處。那些廢舊零件打在機械怪物身上，就像撓癢癢，還有不少直接被它胸口處的利嘴咬住，發出讓人頭皮發麻的咀嚼聲。

眼看機械怪物朝他們步步逼近，情急之下，小笨貓隨手抓起腳邊一個「大嘴鱷溶解罐」，大叫着朝機械怪物砸過去。

這一次居然起作用了——機械怪物一口咬爆了溶解罐，爆出的溶液灑滿了它全身。

怪物頓時發出一陣慘叫聲，它的半邊機械身軀被溶解，看起來更加猙獰可怕了。機械怪物電腦頭顱的雪花屏幕上，劃過一行新的文字——

⚠ 憤怒！粉碎！吞噬！

　　男孩兒們愕然不已，步步向後退縮。機械怪物很快便重整旗鼓，高高舉起左前臂朝他們揮砍過來。

　　「快跑！」彭嘭大叫。

　　「它跑得比我們快！」喬拉絕望地說。

　　「看那邊——大家爬上去！」小笨貓指着不遠處一個十多米高的金屬廢料堆，鋼架結構下，塞滿了用編織袋裝起來的各種不明物體，「它的滾輪一定爬不上去！」

　　男孩兒們拉着氣球人繞過好幾個狹窄的通道，飛快地沖到鋼架前，像靈巧的猴子一樣，踩着編織袋朝鋼架上方攀爬。氣球人爬鋼架的速度居然不比他們慢！它的手掌就像吸盤一樣吸附在鋼架上，遠遠看去像一隻胖乎乎的白蜘蛛。

　　機械怪物果然不會爬牆，只能在鋼架下怒不可遏地揮舞左前臂劈砍。好幾次差一點兒就砍中了馬達的腳和彭嘭的屁股。男孩兒們發出驚恐至極的尖叫聲。

　　更讓他們恐懼的是，機械怪物竟然將機械滾輪逐漸變形成了機械鉤爪，也爬上了鋼架，窮追不捨。

　　「這下逃不掉了……完蛋了！」彭嘭臉色煞白地哀號。小小軍團的男孩兒們心慌意亂，不知該如何是好。

　　氣球人停止了攀爬的動作，它的電子眼漸漸變成了綠色，頭頂上旋轉着一行綠色全息文字——

> 🚗 正在連接主體，請稍候。

「嘿，白雲衞士！這個時候還連接什麼主體？快上來！」小笨貓和男孩兒們飛快爬到鋼架頂端，對着仍然在半途中的氣球人大喊。然而氣球人卻一動不動，頭頂上的全息文字變成了——

> 🚗 連接成功。

機械怪物轟鳴着，繼續向上攀爬。

「笨貓，管不了那麼多了，我們趕緊溜！」彭嘭心急火燎地说。喬拉和馬達也氣喘吁吁地點了點頭。

小笨貓看着仍然像樹袋熊一樣掛在鋼架上的氣球人，無奈地歎了口氣，说：「好吧，我們先撤。實在不行，再找機會把它撿回去修好。」小笨貓说完，便和伙伴們順着鋼架的背面，飛快地向下爬去。

而在鋼架的正面，機械怪物瘋狂地朝氣球人進攻。

「檢測到暗物質能量體，初步判定為裂變狂眼殘片。」氣球人一邊身形靈巧地躲避，一邊喃喃自語，「裂變狂眼入侵巡邏機械人 CE-6 的中控系統，混合其他組件

構成當前機械怪物形態。戰鬥力指數：約836；智能性狀：
原始殘暴。」

這時，氣球人的電子眼再次閃爍了幾下，頭頂上顯現
出一行全息文字——

> 🚗 **主體指令：持續溶液噴射攻擊。**

「收到，執行！」氣球人語氣堅定地回答。

氣球人抬起手臂，手心處露出一道圓孔，朝機械怪物
頭頸連接部位噴射出一股綠色液體。機械怪物頓時發出尖
叫，並逐漸在半空中解體……各種金屬零件紛紛散落在地
上，發出哐啷哐啷的巨響。

氣球人跳下鋼架，試圖從那一大堆廢銅爛鐵中尋找着
什麼。一道黑影從舊鋼架下面彈射出來。這時，氣球人停
頓了一下，頭頂上的全息文字提醒——

> 🚗 **與主體失去連接。**
> **鴻鵠防禦盾再次交由 AI 託管。**

小笨貓和伙伴們剛回到地面，又被巨響聲嚇了一跳。

他們縮着脖子站在原地一動也不敢動，直到回收站裏

漸漸悄無聲息，才暗自鬆了一口氣。

此刻，暴雨也停了下來。「太危險了……」喬拉驚魂未定地説，「貓哥，沐爺爺是不是瘋了？改裝這樣的機械人，一個不小心可是會出大事的！」

「他本來就很瘋狂。」小笨貓喘着氣説，「十多年前，他發明了一個引雷機械人，企圖搗毀一間生化實驗室，結果因為信息洩露而被捕。他的腿就是那個時候被炸斷的。」

「太可怕了……」馬達説，「那……他的眼睛呢？」

「自己做實驗時，爆炸弄傷的。」小笨貓回答。

「喂，笨貓，還等白雲衞士嗎？」彭嘭突然語氣低沉地問。

小笨貓心裏咯噔一沉，回想起了和氣球人達成的監護協議：「要不……我再翻過去看看？那怪物好像沒聲音了！」但三個男孩兒並沒有回答。他們的臉色像紙一樣蒼白，眼睛驚恐地看着小笨貓身後的斜下方。

小笨貓正想要轉身，一陣機械發出的密集的咔嗒聲突然響起，緊接着被後腳跟出現的一股怪力推倒，然後身不由己地被舉了起來。

小笨貓仰面驚呼，拼命掙扎，但是四肢卻被四個鐵環扣住了。他扭頭發現伙伴們的情況也都和他一樣。

在他們身下，是十幾隻獵犬大小的機器螞蟻，正用兩只機械臂緊緊地鉗住他們的身體，而另外四條機械腿卻在地上飛快地挪動。

「不好，這是⋯⋯爺爺做的奇兵螞蟻！」小笨貓慘叫。男孩兒們害怕地大叫着，然而還是被機械螞蟻們像搬運食物一般，帶向了回收站盡頭黑洞洞的古物隧道最深處。

只過去幾分鐘，但又好像過了一個世紀。

終於，一路慘叫的小小軍團的男孩兒們，看見前方的黑暗中出現了一點亮光。他們被帶進了一間布滿鏽跡的破爛鐵皮屋子裏——更準確地説，這只是一個廢舊的集裝箱，上面挖了一扇門，角落裏的一架老舊排氣扇有氣無力地轉動着。半空中吊着一盞發黃的燈泡。暗淡的燈光下，幾台造型奇怪的機器被堆在一邊。

趁奇兵螞蟻鬆開手臂的那一瞬，逃亡經驗豐富的小笨貓立即從一台跑步機器前敞開的狹小窗戶翻了出去，喬拉也緊跟在他的身後逃脱。

反應遲鈍的彭嘭和早已嚇破膽的馬達則摔倒在地板上。他們蜷縮在一起瑟瑟發抖，臉上滿是害怕的表情。集裝箱外深不見底的黑暗中，響起一陣機械軸承轉動的嘎吱聲。

「是爺爺⋯⋯還是被發現了。」小笨貓趴在窗戶後，喉嚨乾得像鋪滿了沙子，其他男孩兒更是嚇得説不出一句話來。

一個身材乾瘦的老人，坐在一輛黑色機械輪椅上，緩慢地駛了進來。暗淡的光線灑在他瘦削蠟黃的臉頰上，一頭白髮反射着宛若金屬的幽光。他用冷厲的目光掃視着癱倒在地的兩個倒霉男孩兒，機械左眼迸射出一束紅光。

「小傢伙，這可是你們自投羅網！」

ADOORAKI

《阿多拉基 1 廢墟中的倖存者》完

更多精彩，敬請期待。

新地區
解鎖
-月光街-

奇妙歷險！
跟隨氣球人來到**海底街市**

新事件
解鎖
-利爪-

千鈞一髮！
暗影來襲，引發**超級大混戰**！

阿多拉基2
在黑暗處閃光

☆☆☆☆☆ 歡迎光臨，「海底快閃街市」神奇的月光街！☆☆☆☆☆

► 世上竟有這樣的地方！戰隼飛行器在空中穿行，街上滿是智能人，霓虹店鋪中販售着稀有的秘寶和各種機械。為修理伙伴小牛四號，小笨貓和氣球人來到神秘的海底街市。途中怪事不斷，一直發動襲擊的黑金甲蟲，似乎大有來頭。黑暗中，好幾雙猩紅的眼睛盯上了他們……

暗藏危機、光怪陸離的月光街之旅！

小笨貓大百科連載

大冒險家的未來日誌 1

想要獲得我的成功經驗嗎？來吧，我把我的所有訣竅都放在這裏！
完成以下星幣任務，和我一起踏上成為大冒險家的偉大征途吧！

如果時間可以倒流，我會提醒爺爺，在進入廢鐵鎮前，就給我取好名字，這樣他就不會在第一次遇見牛奶奶，聽到嘹亮的牛叫後，給我草率地取名叫沐恩了。

5 歲收到牛奶惡趣味的角護目鏡。

小笨貓沐恩就是我了！

鎮上居民大不識貨了！他們總説我是坐在地上搞鼓垃圾的怪孩子。要知道舊家電和機械廢品，件件都是獨一無二的寶貝，我更是4歲就做出了電路板的小天才！

這個世界需要英雄！
是時候，讓你們了解我的小小野心了！

沐恩7歲生日畫像由游方女畫家 SH 小姐贈送。

天命男主角

沐恩

每個小英雄都有一段離奇的身世

牛奶奶説，我註定是不一樣的孩子。每次追問身世，她總是灌我一大杯鮮奶。所以，想喝鮮奶的話，問身世總沒錯！聽説我有個素未謀面的媽媽，她為什麼不來看我呢？

小時候，我經常帶領魯俊和二寶組成的流浪貓軍團，東遊西蕩。成為貓爺爺的兩位離世後，為了紀念它們，我用晶片改裝了兩隻同名智能貓，從此我的外號也被定格為「小笨貓」。

大冒險家的未來日誌

絕密檔案　小笨貓沐恩

每個小英雄都有一套黃金酷炫裝備。

聽爺爺説，我還沒學會走路，就抓着機器零件當玩具，對着電視播放的銀翼聯盟比賽，對着華麗英雄機甲流着口水，充滿嚮往地傻笑。

從小到大我都是機械迷，當然少不了給自己打造一套黃金裝備。

性別：男	體重：55 公斤
年齡：12 歲	生日：5 月 16 日
身高：162 厘米	
戶籍：廢鐵鎮居民	
興趣：機甲	
偶像：火焰菲克	
最愛吃的食物：除了爺爺做的，其他食物都愛吃。	

髮卡？智能通信終端！

這不是髮卡！我可不是女孩兒！這是用廢電磁波調制器改良的短距離通信裝置，方便在任務中與小小軍團其他成員保持聯繫。

夾克是爺爺送我的新禮物。背後有我畫的小小軍團「爆炸貓」塗鴉，是不是瞬間潮流了許多？它裝有GPS，留有外接機械臂端口，背部還有隱藏式安全氣囊。

夾克？可外接式輕甲！

爺爺説，關鍵時刻可以保住我一條貓命。

手套、護膝必備

常背着小工具包、戴着手套和護膝是為了方便我隨時進行機械操作。

運動鞋？動力增強裝置！

我賴着爺爺給運動鞋替換了石墨烯電池，增加了緩震氣墊和隱藏滑輪。動力更強勁，續航更持久！可惜不能飛。

農場大門口的奇怪腳印

星幣懸賞任務1
找到失蹤的湯姆士

接任務，交電費。

牛奶奶一時疏忽，讓湯姆士跑出了稻草堆農場。湯姆士在這個路口不見了蹤影，出了農場大門，應該往哪個方向追呢？

委託人：牛奶奶　任務類型：日常任務。
任務金額：1 星幣

（答案見 218 頁）

肩負着小小軍團金字招牌的

悲劇男主角！

為什麼這些倒霉事總找上我？

自從在逾越森林與白蛋邂逅，我深深地反省了我的人生。

英雄

結論①

英雄，是能瞭解、接受和迎接命運挑戰的人。命運將他陷入險境，他卻能將命運置於絕境。

每個小英雄，都有一段苦難的過往。

我的一天，從爺爺做的「猜猜什麼食材」的黑暗早餐開始。野原輝總帶着野豬攔路者耀武揚威，牛奶奶見到我就提醒電費欠繳，還有一個動不動就檢測到威脅、進入攻擊模式的白胖子……12 歲的我，實在太難了！

白胖子的凌厲凝視

……

我的學長野原輝。以後你們會深入瞭解他的。

牛奶奶式催命符

電費！

爺爺牌鐵甲鋼拳

給我老實點兒！

路人甲的無理暴擊

你說誰是路人甲？

你們嘗過被外骨骼機甲暴揍的滋味嗎？
在這方面我有足夠的經驗可以傳授給你們。

大冒險家的 未來日誌

絕密檔案｜小笨貓沐恩

每個小英雄，都有一個偉大目標。

我的日常，總在「做任務賺星幣、修機甲做任務」的無限循環中往復。偶爾（其實是經常）會失手發生「騎雞少年」的窘事。但我從未放棄成為機甲英雄的夢想。

飛翔吧，火雞王座！

月矽石是媽媽留給我的。

鐵墜是買小牛晶片時拆下的銘牌密鑰。

咯！

星幣懸賞任務2
騎雞少年的道歉

駱基士警長暴跳如雷：「沐恩，如果你能猜到我現在心裏想什麼，我就原諒你。」沐恩要怎樣說才能獲得原諒呢？

委託人：沐恩 任務類型：日常任務
任務金額：1星幣

（答案見218頁）

英雄

結論②

你沒輸，是因為你從未想要贏！英雄，就是在戰鬥中成長，在失敗中成功！

小鎮居民可要當心啦！

機甲駕駛員的終極舞臺，夢想和傳說中的「雷神競技場」……

！

雪絨花，雪絨花……♪

機甲駕駛員名稱：俠膽貓王
機甲駕駛員等級：實習級
綁定機械人座駕：小牛四號

傳奇級機甲駕駛員，未必登頂過雷神競技場，但競技場的獲勝者，必定是機甲駕駛員中的傳奇。四年一屆的銀翼聯盟冠軍賽，一票難求！我對傳說中的夢幻舞臺、各路機甲大神，還有頂尖機甲，嚮往已久。

目標，王者的舞臺！前進吧，少年！

傳説中的星幣吞幣機

為維修小牛四號，我們簡直操碎了心。血淚史大公開！

即使它開機總要唱《小青蛙》，即使它變形頓卡超過5分鐘，今天還把我的可怕成績單上傳雲端……但能和這個酷炫小子在一起玩，真是太棒了！

剪刀手

小牛四號

多虧我慧眼識珠，將它作為金屬垃圾淘回家。小牛四號掏空了小小軍團的全部積蓄，還有我們所有的愛！它是我最重要的財產和伙伴！

每個機甲英雄，都有一位傑出的機械人伙伴！

消耗星幣：1000+，預算追加中。
重點優化操控系統，改進電池倉和智能晶片。最大突破是修復了雲端系統，小牛可以報名銀翼聯盟比賽了。

[創形精英強襲版]

小牛 **4** 號

小牛 **1** 號

[垃圾寶藏男孩兒版]

消耗星幣：100
是早已停產的老傢伙，外殼看上去還湊合，裏面機械零件全部鏽化，電路更是幾乎全毀。

[瓦特搖擺大叔版]

小牛 **2** 號

消耗星幣：500+
想改造成競賽機械人，重點修復了軀幹和手臂。AI系統修復，高光譜相機加入。

小牛 **3** 號

消耗星幣：800+
胸甲改裝成復古車頭，新增導航和夜間照明，適合冒險專用！

[大眼先鋒酷仔版]

以上三個版本都未能成功啟動……

絕密檔案　小牛四號

我服了你！

變形！

進擊吧！小牛四號！

小牛四號雖然現在戰力配置等級過低，因為缺錢不少零件老掉牙，經常罷工鬧脾氣。但我對最重要的伙伴，有足夠耐心——修理一萬遍也不厭倦！

敞篷駕駛，拉風！

駕駛艙擴容，擁有可接遙控手柄的插槽

小牛四號權威操作指南

機型：保姆變形式機械人

驅動核心：「極光渦輪Ms」經典動力系統，搭載情感模擬程序。

機體性能介紹：

1.6 米保姆載具模式，防禦性能強化，裝備搭載量提升。緊急定位功能開啟。

3.2 米保姆衛士模式，移動速度提升，武器模式開啟。噴射恢復功能開啟。

注意事項：變形系統延時，使用者遇險最好就地隱蔽，靜待5分鐘。

能靈巧取物，勝任各種任務。但猜拳完全不勝任。

伸縮機械臂，靈巧！

星幣懸賞任務3
石頭剪刀布

小笨貓經常陪我玩猜拳，我從未贏過，為什麼？

委託人：小牛四號
任務類型：日常任務
任務金額：1星幣

↑ 嘿，看它的手指！

（答案見218頁）

小笨貓！你怎麼又把小牛弄壞了？

↑ 你們對我經歷了什麼一無所知！

← 面對困難，妥協的是他

每個機甲小英雄，都有一羣黃金配角……伙伴！

身為團長的我，其實也是有很多苦惱的。任務我在做，機械人我在修，壞了全怪我……天將降大任的小英雄之路，果然難走！

誰來阻止我們的團長

我小笨貓，作為團長聽到最多的話就是這句了。可是，不冒險組團幹嗎？

鎮子裏的許多人都問過我們「小笨軍團」不是學習興趣小組嗎？哦不不不不……在這裏我給大家做個介紹吧！

↑ 承受正面衝撞的是本人沒錯了！

廢鐵少

小小軍團

鎮上的人總喜歡叫我們「小傢伙」總提醒我們不過是羣默默無聞的無小輩。我們可有大大的夢想！

大冒險家的未來日誌

絕密檔案 小小軍團

組團是為了玩？不是！

為了能夠成為像「火焰菲克」那樣的機甲競技明星，我們組成了小小軍團。

我給小牛換了軸承！

↑ 只不過是從自行車上換下來的壞軸承。

細算小火柴
：非裔黑種人
擔當：會計
是當廢鐵鎮的會計，時了小小軍團的經濟狀況愁。

關於團隊的經費問題……

從我把小牛四號製作出來後，團裏伙伴多少也給小牛四號貢獻了一些費。但事情並不是想像的那樣……

合小牛了主板

← 三手淘汰貨。

喬拉 神出鬼沒小雀斑
人種：亞裔黃種人
團內擔當：機械師
頭腦靈活思維敏捷，自認軍團第二號人物。擁有坐騎「閃電魚丸號」。

買了潤滑油！

↑ 只過期一天，經濟實惠。

嘭 滄海一粟小浪花
：亞裔黃種人
擔當：搬運工
體壯實，喜歡把「分家放在嘴邊，但其實十分同伴。

牛寶寶真是太可憐了！

這些靠不住的傢伙……總有一天，我要帶着牛寶寶離團出走。你們都等着瞧！哼

渴望成為英雄的少年們

機甲愛好者通過完成訓練、日常和懸賞任務，就能獲得星幣、積累經驗和機械材料。快來秘密基地集合，為機甲而生，為星幣而戰！

一名優秀的機甲操控師，需要擁有縝密的邏輯力、無盡的想像力、敏銳的觀察力、準確的記憶力，以及非凡的動手能力。加入我們一起練習吧，你會擁有以上全部能力。

機甲駕駛員嗎？
好厲害！

奶牛倉庫：小牛誕生地

兩層挑空設計，像個籃球場一樣大！就是破了點兒。

早期設定也很有趣

星幣訓練任務1

奶牛倉庫的記憶碎片

a. 奶牛倉庫是用什麼東西擴建而成的？
b. 倉庫門上噴塗的爆炸貓是什麼顏色的？
c. 黑金甲蟲大戰氣球人時變成了什麼機械人？

訓練類型：記憶力
訓練獎勵：每個問題1星幣，共3星幣。

星幣訓練任務2
無處不在的爆炸貓

爆炸貓是小小軍團的標誌，你能在這兩頁中找到多少隱藏的爆炸貓呢？

訓練類型：觀察力
訓練獎勵：1星幣

希望小笨貓能住得開心！

爆炸貓
無處不在！

沐恩臥室：蹭網室！

臥室裏有爆炸貓嗎？

牛！

枱燈和書桌的設定

早期設定了可以席地而坐創造空間

星幣訓練任務3
爺爺的研究室

爺爺的研究室裏曾裝滿了顯示器，但第一天壞了一個，第二天壞了二個，第三天壞了四個……第七天恰好全壞了。那麼，第幾天有一半顯示器損壞了呢？

訓練類型：邏輯力 訓練獎勵：1星幣

（答案見218頁）

211

機械人隨堂測驗來了！

喀

喝茶。

古物天閣簡單來說就是……

藏在垃圾山大道山頂的三節大集裝箱改造物！
向後挖掘拓展的古物隧道，是爺爺的實驗室。

古物天閣圖紙探秘

爺爺沐茲恪收藏着你完全想不到的千奇百怪的發明，如愛迪生古董燈泡、超人氪金內褲、挪亞方舟電磁爐……

大力士巨型挖掘機

[掘地者 艾塔 II 型]

左手是挖掘機的重型機械人。因老沐茲恪堅持着「用機械垃圾就可以造出來」的超廉價開發理念，在結構強度上遭遇瓶頸，一直是個半成品。

慢悠悠警衛機械人

[巡邏者 CE-7]

剛裝上紅綠燈替換失效的光敏傳感器。現在遇見綠色物品就快如閃電，看見紅色就罷工！

[長頸鹿探照機]

因為電壓不穩，成了行走的閃光燈。

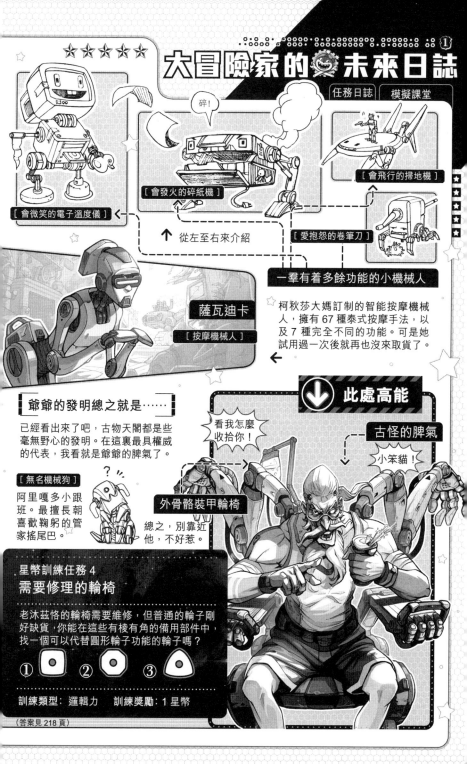

★★★★★★

大冒險家的 未來日誌 ①

[會飛行的掃地機]

[會發火的碎紙機]

碎！

[會微笑的電子溫度儀]

↑ 從左至右來介紹

[愛抱怨的卷筆刀]

一羣有着多餘功能的小機械人

柯秋莎大媽訂制的智能按摩機械人，擁有 67 種泰式按摩手法，以及 7 種完全不同的功能。可是她試用過一次後就再也沒來取貨了。

薩瓦迪卡

[按摩機械人]

爺爺的發明總之就是⋯⋯

已經看出來了吧，古物天閣都是些毫無野心的發明。在這裏最具權威的代表，我看就是爺爺的脾氣了。

看我怎麼收拾你！

[無名機械狗]

阿里嘎多小跟班。最擅長朝喜歡鞠躬的管家搖尾巴。

?

外骨骼裝甲輪椅

總之，別靠近他，不好惹。

⬇ 此處高能

古怪的脾氣

小笨貓！

星幣訓練任務 4
需要修理的輪椅

老沐茲恪的輪椅需要維修，但普通的輪子剛好缺貨，你能在這些有棱有角的備用部件中，找一個可以代替圓形輪子功能的輪子嗎？

① ② ③

訓練類型：邏輯力　　訓練獎勵：1 星幣

（答案見 218 頁）

213

「一覺醒來，說來話長」不定期連載！

咕嚕咕嚕......

小笨貓英雄事件簿

我總喜歡搗鼓小發明，在天網上出售。為什麼總是被退貨？為什麼爺爺看到後總是老淚縱橫？

臭小子，發明還敢再沒用點兒嗎？

發明①

[壞脾氣報警器]

看來這款針對爺爺的發明失敗了！從早上爺爺醒來就不停報警......

心好累！

哦，天上下牛奶雨了嗎？

鎮子上的人們對於這一切習以為常。↑都知道那是沐茲恪的搗蛋孫子搞的鬼。

發明②

[牛奶大炮機]

為一次性搞定送牛奶務，我用廢棄榴彈發射發明了自動投射裝置。度完美、落點精確，可麼就停不下來了呢？

倒霉？

為什麼？

眼睜睜地看著白胖子在鎮子上胡亂消費自己的星幣，束手無策。→

[極度摳門節能燈]

白胖子到來後日子更拮据了。為省錢，我給燈安裝了動態感應系統，超過60秒感受不到物體運動就會自動關燈。我每次盯著數學題沉思，燈就會熄滅......

發明③

我要和星幣戰鬥！→

一切都從完美的
計劃開始

誰都知道，我會把我的目標貼
在牀邊的粘板牆上。當然，我
會根據實際情況來稍微調整步
驟和計劃，爺爺似乎很樂於批
註我的目標。我也管不了他。

★★★★★

沐恩的目標貼士牆
——疑似有爺爺的批註？

我的短期小目標

我要勤儉節約→我發現節約是沒用的→
打王為重→沒活兒幹，撿垃圾吧→想辦
法接個大單，只要我敢，沒什麼做不到
→攢夠 80000 星幣離開廢鐵鎮

最短期目標！
立刻、馬上，
把碗洗了！

我的未來航路

在銀翼聯盟得前十→
在新京海市有一番作為！→受人矚
目！主要受女孩子們歡迎就可以了
找到媽媽！

要麼是你配不上未來，
要麼是未來配不上你！
把握今天，才有未來！

咦，小笨貓，你爺
爺説話水平大派，
好像有道理啊！

爺爺牀頭驚現
一本書，《用哲
學教孩子》……

我的學習目標

本學期：爭取全班第 32 名！
不不不！這是個坑！↑
本學期爭三保二，不第一！
是說倒數！↑

做學問是目的
不是手段。別
想藉口蹭網！

2072年 來自未來世界 冒險 12 問

嘿！未來的大冒險家們，在智能機械高度發達的時代，我們需要英雄，創造英雄也需要你的加入！

來看看你是未來世界的哪個類型吧！

你已完成前面的懸賞任務和訓練（共 7 道），獲得了：

- 驕傲地擁有 8 個以上星幣（5 分）
- 馬馬虎虎，有 4-7 個星幣（1 分）
- 糟糕！少於 3 個星幣（0 分）

你很羨慕電視裏的英雄們威風凜凜的樣子，然後：

- 制定一個成為英雄的完美計劃（5 分）
- 這對於我來說太不切實際了（1 分）
- 未來總有一天會實現的嘛（0 分）

同學們正在討論火焰菲克的競賽，非常精彩，而你呢？

- 我要帶領大家討論（5 分）
- 我還不明白這是什麼（0 分）
- 興趣不高，就看看吧（1 分）

如果那顆「白蛋」是掉落在你面前，你會：

- 趕緊報告駱基士警長（1 分）
- 快走，當什麼都沒看見（0 分）
- 很新奇，帶回家研究一番（5 分）

很不幸，牛奶奶的全自動割草叉又出現了故障，你會：

- 看說明書，弄清故障原因（5 分）
- 告訴小笨貓，讓他來解決（0 分）
- 幫牛奶奶選個新型割草機（1 分）

老沐茲恪邀請你嘗他親手做的黑暗料理，你會：

- 有禮貌地收下，但不吃（0 分）
- 品嘗後，提出改進意見（5 分）
- 明擺着很難吃，我拒絕（1 分）

玩鬧中喬拉和彭哆為了搶零食起了爭執，你會：

- 提出公平的零食分配方案（5 分）
- 靜靜等着他們吵完（0 分）
- 趁機獨佔零食（3 分）

老師要你們進行小組合作來完成一個作業，你會：

- 混在裏面完成份內任務（1 分）
- 擔任組長領導大家完成作業（5 分）
- 想要一人一組獨自完成任務（0 分）

你幫牛奶奶送牛奶，她很感激，希望她如何誇你？

- 期待她說「我很需要你」（5 分）
- 期待她說「你很能幹」（1 分）
- 期待她說「謝謝」（0 分）

你發現了小牛四號方案中存在一些不合理的漏洞，你會：

- 不插手，讓小笨貓自己解決（0 分）
- 大方告訴小笨貓我的方案（1 分）
- 和小笨貓一起努力解決問題（5 分）

學校開設了自選課餘興趣班，小笨貓拉你去機甲小組，你會：

- 上課已經很累了，不想參加（0 分）
- 能研究機甲，簡直太棒了（5 分）
- 上不上都隨便啦（1 分）

你發現了小牛四號方案中存在一些不合理的漏洞，你會：

- 哈皮軍團看上去更威風（1 分）
- 我的夢想是成立自己的團隊（5 分）
- 加入氣氛和諧的小小軍團（0 分）

診斷機運算中……診斷結果請看下一頁！

將你所有得分加起來，看分數吧！

★★★★ 結果揭曉 ★★★★

選擇你的英雄類型
與我們並肩作戰吧！

記得將星幣懸賞和訓練任務的得分一起加上吧！任務答案在下一頁。

在無從預測的未來世界裏，你希望自己是不是有所作為呢？

陳嘉諾類型 •·········
精英人類，你已經是英雄了

冷靜而充滿了智慧，擁有強大的力量和豐富的知識儲備，是團隊中的領導者和中堅力量，不僅自身實力強大，更懂得團結伙伴，解決難題。

氣球人類型 •·········
值得依靠和信賴的頭腦專家

邏輯推理能力和執行力強大，心思細膩，是大家可靠的好伙伴，對身邊的人和事都充滿了耐心與愛心，只是偶爾會有些一根筋，不懂得變通。

小笨貓類型 •·········
你有創造力和一顆勇敢的心

最討厭限制思想的條條框框的追風少年，燃燒着一顆赤子之心，為了心中的理想主義可以無所畏懼，活出一段不可預測的傳奇人生！

野原輝類型 •·········
霸氣就是你的風格

性格張揚，做事易衝動，偶爾還有些不拘小節。如果霸氣的你再多一點點信念，就一定可以成就英雄之路！

小小軍團類型 •·········
擁有信念的你需要些勇氣

一面希望自己能夠過平靜的生活而不被捲入危機，一面又渴望着精彩的冒險，你擁有善良的信念，再多給自己一些勇氣吧！

索飛瀾工作室

《阿多拉基》製作團隊人員名單

製作人………………………………雷　鑄

繪　製
原畫繪製……………………………葉俊人
彩色繪製……………………………林　勃
單色繪製……………………………樓奕東
　　　　　　　　　　　　　　　　丁　睿

彩色襯紙……………………………周莎莎
單色扉頁……………………………趙思穎

設　計
欄目設計……………………………樊佳一
美術設計……………………………雷　鴻
　　　　　　　　　　　　　　　　劉厚松

策劃…………………………………劉　偉
品牌運營……………………………謝　燕

文案助理……沈潔純　李曉露　秦嘉琪
　　　　　　倪　玥　蔣達興　馮佳逸
　　　　　　周　丹　王詩慧

繪製助理……李文耀　陸琲卿　周　琳
　　　　　　馬思凡　池雙雙　董嘉煒

協力…………譚天曉　曹之一　申子江
　　　　　　楊天宇　李仕傑　蔣斯珈

答案

星幣懸賞任務和訓練：

懸賞 1：出了農場大門往右追。
　　　　（最上層的腳印是牛蹄印。）

懸賞 1：「你一定不想原諒我。」
　　　　（如果駱基士承認沐恩的話，按
　　　　約定就必須原諒他；如果不承
　　　　認，那按話的反義，心裏也想原
　　　　諒沐恩。）

懸賞 3：小牛四號只會出「剪刀」，小笨貓
　　　　每次出「石頭」。

訓練 1：a 軍用大集裝箱
　　　　b 紅白相間 c 割草機械人。
訓練 2：一共 8 個。
訓練 3：第 6 天。
訓練 4：選③。
　　　　（「萊洛三角」形狀的輪子，中
　　　　心到所有邊緣的距離是相等，可
　　　　以和圓形一樣穩定滾動。）

得